PIERRE-YVES VILLENEUVE

GAMER

1 NOUVEAU PORT

éditions
les malins

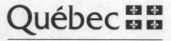

Québec ⚜⚜

Crédit d'impôt livres   Gestion **SODEC**

Gouvernement du Québec – Programme de crédit d'impôt
pour l'édition de livres – Gestion Sodec

Nous reconnaissons l'aide financière du gouvernement du Canada
par l'entremise du Fonds du livre du Canada pour nos activités
d'édition.

Gamer, 1. Nouveau port
© Les éditions les Malins inc., Pierre-Yves Villeneuve
info@lesmalins.ca

Éditeur : Marc-André Audet
Éditrice au contenu : Katherine Mossalim
Correcteurs : Jean Boilard, Fleur Neesham et Dörte Ufkes
Direction artistique : Shirley de Susini
Conception de la couverture : Shirley de Susini et Nicolas Raymond
Mise en page : Nicolas Raymond

Dépôt légal – Bibliothèque et Archives nationales du Québec, 2016
Dépôt légal – Bibliothèque et Archives Canada, 2016

ISBN : 978-2-89657-457-5
Imprimé au Canada

Les éditions les Malins inc.
Montréal, QC

*Pour Julie,
ma joueuse numéro 2*

« S'aventurer seul est dangereux ! Prenez ceci. »

- La légende de Zelda

Table des matières

Prologue

Je saisis mon katana.

À l'écran, la lame légèrement huilée reluit dans la lumière du crépuscule. Une lanière de cuir recouvre le manche de l'épée. C'est une arme redoutable. Silencieuse. Mortelle.

C'est une pièce rare, ce qui explique que je ne l'ai presque pas utilisée. De plus, je comptais la revendre, espérant en tirer un bon profit. Dommage. Parce qu'après ce soir, cette arme japonaise disparaîtra probablement de mon inventaire.

Pour minimiser les pertes, j'ai dépouillé Stargrrrl de tout son équipement, de sa veste de cuir, de son Colt Python 357, de son fusil de chasse calibre 12, de ses munitions et de ses vivres. Tout cela se trouve dans sa cache. Mon avatar n'a plus sur lui que son pantalon, ses bottes, un bandeau pour retenir ses longs cheveux, le katana, un pistolet Glock, deux grenades et une petite quantité de C4 qu'il fourre dans un sac.

Je suis en colère. Prête à exploser. J'ai l'impression que le grand Troll s'acharne sur moi, qu'il s'est extirpé des internets pour infecter ma vie et se rire de mon malheur.

Tantôt, papa est venu cogner à la porte de ma chambre pour voir si j'allais bien. Il n'a toujours pas compris que je sais. Pensait-il vraiment que je n'allais pas m'en rendre compte ? Je ne peux pas croire qu'il me mente ainsi.

J'ai ignoré ses questions. Je ne veux pas le voir. Et je ne veux surtout pas l'entendre, alors j'enfile mon casque d'écoute et monte le volume du jeu.

Avant de quitter la cache, je prends soin de bien la recouvrir de branches pour la camoufler. Le soleil n'est pas encore couché. Ses rayons dorés filtrant au travers des feuilles confèrent à ce monde apocalyptique un air de majesté.

L'endroit qui m'intéresse est situé à une bonne vingtaine de minutes de marche de l'endroit où se trouve présentement Stargrrrl. Il y a ce petit groupe de bandits qui rôde dans les parages depuis trop longtemps. Ils sont devenus une vraie nuisance. Il y a quelques jours, je suis tombée dans leurs griffes… presque. Ils m'ont volé les vivres que je venais de récolter. Ils étaient si nombreux que j'ai dû laisser tomber mon sac de provisions et prendre mes jambes à mon cou. Reprendre ce qui m'appartenait était trop risqué, cette fois-là. Mais j'ai pu les suivre. Et comme je l'avais prévu, ils m'ont menée jusqu'à leur planque, une vieille usine désaffectée près du port.

Ils ne s'attendront pas à me voir.

Ce n'est pas pour les vivres que j'y vais — j'ai déjà renfloué ma réserve. Ce que je veux, c'est semer la pagaille dans leurs rangs. C'est de l'action qu'il me faut. C'est sur eux que j'ai choisi de déverser ma frustration.

Je me dirige vers la rivière. Vers leur repaire.

J'ai un plan. Mais c'est un aller simple. Surtout sans Sam à mes côtés.

Telle une chatte, j'avance sans bruit, dans l'ombre. Sur le chemin, je croise une demi-douzaine de zeds qui errent dans la rue. Ça fera l'affaire. J'attire leur attention en lançant une vieille cannette. Ils me voient, me sentent. Ils sont rapides. Mais je le suis encore plus.

Ils suivent ma trace, moi, la chair fraîche, le vecteur à contaminer. Me sachant si près, leur agressivité est redoublée. Leurs râles résonnent dans mon casque d'écoute et viennent me tordre les tripes.

Sacré Sam ! Jamais sur internet quand il le faut. Ça aurait peut-être été plus facile de parler de ce qui est arrivé entre nous. Il devait être trop gêné… ou embarrassé ? C'est ça. Il avait totalement honte. Honte de moi. Mais comment en être sûre, parce que Sam parle, mais ne dit rien ! Quand j'étais chez lui, il ne m'a fait aucun signe. Pas plus quand je suis montée dans l'autobus. Et Nico qui a tout vu ! Il faut tellement que je lui envoie un message, parce que s'il s'ouvre la trappe, lui… Je me sens déjà assez mal comme ça, pas besoin que les filles en rajoutent une couche.

Urgh !

Comment ai-je pu être aussi stupide ? C'est pourtant pas mon genre d'agir ainsi ! Tout est arrivé si vite…

Quand j'arrive à l'usine, je me fais aussi discrète qu'un ninja et me colle à la façade. Je dépose mon paquet. Quelques mètres plus loin, je me faufile au travers d'une clôture déglinguée. Un garde surveille le périmètre, mais je m'occupe de lui avant qu'il puisse avertir ses camarades. Je tire son cadavre et le camoufle dans un recoin.

Une échelle fixée au mur, que j'escalade à la hâte, mène sur le toit.

Des coups de feu éclatent.

Quand je suis venue ici la première fois, j'ai passé un bon moment à observer l'usine. Le groupe est bien organisé et a posté deux gardes sur le toit. Parfois, une demi-douzaine d'avatars patrouillent dans le quartier et éliminent les zeds, qui seront inévitablement remplacés par de nouveaux zeds générés par les serveurs ou par des joueurs contaminés.

Un premier garde posté sur le toit a repéré les zeds que j'ai attirés et a ouvert le feu. Les râles prennent de l'ampleur. Les coups de feu vont attirer d'autres zeds par ici. Bientôt, l'endroit sera submergé.

Son ami, chargé de surveiller l'autre côté de l'immeuble, vient le rejoindre. Avec le bruit des génératrices qui grondent, les deux avatars, concentrés à tirer les zeds dans le front, ne me voient pas venir.

D'un bon coup dans le dos, j'en pousse un en bas du toit. Il s'aplatit au sol comme l'aurait fait un melon. L'autre garde me donne un peu plus de fil à retordre. En voyant son ami chuter, il se retourne, mais un coup de katana au ventre lui fait voir rouge et me permet de l'envoyer retrouver son ami.

Tout en bas, les zeds se délectent.

La porte d'accès sur le toit est verrouillée, mais ce n'est pas ça qui va m'arrêter. Je cours vers une grille de ventilation, que je fais sauter, et me faufile à l'intérieur. En m'appuyant sur les parois, j'arrive à contrôler ma descente.

Tout le monde a entendu les coups de feu, bien évidemment, et ils ont donné l'alerte. Toujours cachée dans la conduite d'aération, je peux les voir s'activer. J'attends qu'ils s'éloignent avant de retirer la grille et de sortir de ma cachette.

L'entrepôt est au rez-de-chaussée et une série de bureaux se trouvent à l'étage. Pas trop grande, l'usine est bien située et facile à défendre. Un escalier se trouve à chacun des bouts du couloir dans lequel je me trouve. Je procède à un rapide examen des lieux. L'endroit est impressionnant. Je ne suis pas trop certaine si ce sont les joueurs qui ont réorganisé les pièces ou si le bâtiment a été codé ainsi par le studio, mais j'y découvre des dortoirs, une salle de jeu et une cafétéria, permettant de stocker quantité de vivres. Ils ont vraiment développé quelque chose de bien. Dommage.

Dans la dernière pièce, un zed est tenu en laisse par une chaîne. Par les taches sur le sol, je devine que ce doit être une salle de torture.

Dégoûtant.

Je n'ose même pas imaginer à quoi ces joueurs pensent quand ils viennent ici pour se divertir.

Je m'occupe du zed et retourne vers la cafétéria, où je dégoupille une grenade. Quelques secondes plus tard, leur réserve de nourriture s'envole dans l'explosion.

À l'aide de mon précieux katana, je taille en pièces les deux premiers avatars venus voir ce qui a causé la commotion. J'utilise l'espace restreint à mon avantage. Le corps d'un troisième avatar me sert de bouclier humain et me fournit la précieuse seconde nécessaire pour saisir mon pistolet et descendre le joueur derrière lui.

Je cours à la cage d'escalier à l'autre bout du couloir, non sans laisser un cadeau derrière moi, ma seconde grenade, qui détone alors que je mets le pied sur la première marche. La secousse me fait rater quelques marches et j'atterris sur le palier inférieur.

Les joueurs n'ont pas mis leurs micros en sourdine. Grave erreur, car je les entends se demander ce qui se passe, se crier des ordres et s'engueuler. Je parviens à distinguer cinq voix. Cinq cibles à abattre.

L'escalier débouche sur l'entrepôt. Et sur le panneau électrique. C'est plus que ce que j'espérais.

Je jette un coup d'œil à ma montre et commence à compter mentalement. Quarante-deux... quarante et un... quarante...

La bande cherche à me prendre en souricière. Deux d'entre eux descendent par l'escalier que j'ai emprunté, les trois autres s'en viennent de l'autre côté. J'attends qu'ils soient tous là avant de couper le courant de la bâtisse.

À l'aide des coups de feu qu'ils tirent au hasard pour me descendre, j'arrive à deviner leur position. Vive comme l'éclair, je taille la jambe de l'un d'eux, puis effectue une roulade et plonge mon épée dans le ventre du second. Elle s'y coince et je n'ai d'autre choix que de l'abandonner si je veux survivre.

Vingt-deux... vingt et un...

J'empoigne mon pistolet. Il ne me reste que quatre balles.

Ils ont cessé de parler. Peut-être ont-ils simplement coupé leurs micros. Je longe les murs, espérant voir apparaître une silhouette.

Il me manque de temps.

– Je suis ici, les garçons ! Qu'est-ce que vous attendez ? que je raille.

– C't'une *chick* ?

Les commentaires fusent. Pas le genre de ceux qu'on rapporterait à sa mère.

En me déplaçant, je vois dans un faible rayon de lumière deux silhouettes se découper. Celle qui est la plus proche me fait face, enfin je crois. Je tente ma chance :

– Derrière toi, que je murmure.

J'ai vu juste. L'avatar fait volte-face et se retourne aussitôt. Il se met à vider sa mitraillette sur son camarade, qui se tenait derrière lui. J'en profite pour lui tirer dans le dos. Je tire jusqu'à ce qu'il tombe. Quatre fois.

Soudainement, le courant revient. Les lumières se rallument. Debout près du panneau électrique, le dernier bandit me tient en joue.

Sur le sol de ciment, les autres avatars sont étendus, inertes, se vidant de leur sang de pixels. Mon pistolet est vide. De toute façon, je ne comptais pas sortir d'ici vivante.

Cinq... quatre... trois...

– Espèce de sa... commence-t-il en faisant un pas dans ma direction.

La charge de C4 que j'ai fixée à la porte un peu plus tôt explose. Le souffle nous jette à terre tous les deux. Mon écran rougit sous les blessures que je viens de subir.

J'ai les oreilles qui bourdonnent. Le volume de mon casque d'écoute était bien trop fort.

Je n'ai pas une seconde à perdre. Même si l'écran valse pour simuler la désorientation de Stargrrrl, je me relève et marche vers la cage d'escalier. Les zeds vont envahir la place.

À mi-chemin de la cage d'escalier, j'empoigne mon katana et l'arrache des tripes de l'avatar dans lequel je l'avais plongé. Alors que je croise la porte, j'entends deux coups de feu. Mon écran vire au rouge deux fois, me signifiant que le joueur vient de me toucher. Les zeds le rejoignent. Les cris générés par cet avatar qui se fait dévorer résonnent dans l'escalier. Je referme la porte derrière moi et monte les marches aussi rapidement que Stargrrrl me le permet.

Je ne sais toujours pas si Stargrrrl va s'en sortir. Elle boite. Elle perd beaucoup trop de sang. Dans un des coins de mon écran, je vois ses points de vie qui décroissent sans cesse.

Cet escalier mène au toit, et les monstres dans l'entrepôt semblent trop occupés par la nourriture pour me suivre. Je pousse le lourd battant et referme la porte derrière moi avant de la bloquer à l'aide d'une planche que je coince sous la poignée.

À l'écran, mes points de vie se rapprochent dangereusement de zéro. Il me faudrait un *med kit*… De l'eau… Quelque chose pour stabiliser mon état. Mais mon inventaire est vide, aussi vide que mes points de vie.

C'était le pari.

Avec le sang qui coule s'échappe un autre HP, un de trop, car Stargrrrl ne peut plus avancer. Elle titube et tombe à genoux sur la gravelle du toit.

Au loin, le soleil dispense ses derniers rayons. La nuit tombe. L'image à l'écran se trouble, puis s'obscurcit.

Chapitre 1-1

Si j'étais le personnage principal d'un film hollywoodien, ce matin serait pluvieux. La météo se marierait à la perfection à mon moral. C'est comme ça que ça fonctionne dans les films. Mais il n'y a aucun nuage dans le ciel, rien qu'un soleil radieux. Mince consolation, le fond de l'air est froid. Il y a même un érable précoce qui perd déjà ses feuilles. D'ici deux ou trois semaines, ce sera l'automne et la météo sera enfin synchronisée avec mon humeur : le temps sera gris, froid, pluvieux et venteux. Exécrable, quoi.

Du haut de la rampe, j'aperçois le reflet du soleil dans une flaque.

Ce qui m'aurait vraiment fait plaisir, ça aurait été une tempête. Un déluge avec un vent à vous fouetter le visage et une pluie qui retourne les parapluies à l'envers. Pas une tempête qui arracherait les arbres et causerait de réels dommages, mais quelque chose d'assez intense pour forcer mon père à revoir ses plans. Mieux encore : une tempête de neige ! Cinquante centimètres de neige en septembre !

Je rêve en couleur. Je sais. La journée est superbe.

Urgh...

Décidément, ce n'est pas ma journée.

J'embarque sur ma planche et je m'élance. Je vise la flaque et la fends comme si c'était la mer Rouge, comme si ça allait régler mes problèmes. Sur le coup, ça défoule. Sur le coup... Un peu... Rendues de l'autre côté, ma planche et moi remontons péniblement la rampe. J'ai perdu trop de vitesse en roulant dans l'eau. Sans me donner plus d'élan, je me laisse aller comme un pendule jusqu'à ce que mon *skate* – un Girl and Chocolate édition limitée que j'ai reçu en cadeau un an plus tôt et dont l'imprimé est tout raturé – et moi nous arrêtons au beau milieu du peu d'eau qui reste.

Je soupire.

Je mets les pieds dans l'eau et flippe ma planche. La scène est pitoyable. J'échoue lamentablement le plus simple des flips. Mon *skate* me glisse des mains et retombe au sol, telle une tortue couchée sur le dos, les quatre roues en l'air.

J'ai presque envie de le laisser là, de l'abandonner. Je pourrais retourner à la maison et papa ne remarquerait rien. Il est bien trop préoccupé aujourd'hui. Il ne constaterait pas la fâcheuse disparition avant plusieurs semaines.

Du bout du pied, je retourne ma planche et saute dessus.

À part moi, il n'y a personne dans le *skatepark*. Il est trop tôt. Même pour moi. D'habitude, un vendredi de pédago, je fais comme tous les ados qui se respectent : je dors. « Presque tous », devrais-je dire. Il y a Sam qui doit être debout. C'est un matinal.

Je roule entre les modules, tente un ollie – quelque chose d'hyper facile –, mais rien ne me réussit ce matin. C'est pénible. Mes pieds s'empêtrent dans ma planche, je perds l'équilibre et tombe face première sur l'asphalte. Le choc me coupe le souffle. Je ressens l'envie de pleurer, mais refoule aussitôt mes larmes. Je m'interdis de broncher. Je ne pleurerai pas. Un fin gravier est incrusté dans mes paumes. Là où la peau est fendue, je me pince pour faire perler une goutte de sang, que je lèche.

L'envie de faire des figures m'a quittée, mais je reprends mon manège. Je déambule dans le parc en écoutant le roulement à billes de ma planche. Je sens une boule se former dans ma gorge... Je n'ai pas le goût de faire du *skate*, je n'ai pas envie d'être ici. Je n'ai pas envie de partir. Même en essayant très fort, je ne peux pas ignorer ce qui arrive. J'aurais préféré me cacher sous les couvertures de mon lit et dormir jusqu'à midi, mais même ça, c'est impossible. Ils ont dû le démonter.

Je. Déteste. Ma. Vie.

Je voudrais brailler ma vie, mais je n'ai plus de larmes.

Les rampes du parc sont petites. C'est étrange. Je suis venue ici je ne sais plus combien de fois, et c'est seulement aujourd'hui que je réalise à quel point elles sont minuscules. Elles font à peine un mètre ou un mètre et demi de hauteur. Évidemment, j'ai toujours su qu'elles ne faisaient qu'un mètre, un mètre et demi de hauteur. Mais je ne sais pas... Le temps vient de me rattraper, je crois. C'est comme si je venais de prendre mon premier coup de vieux. Dans mon esprit, c'était des installations dignes des X Games, des rampes grandes comme des immeubles et qui vous propulsaient dans la stratosphère.

Il y a deux ans, quand Samuel m'a tendu sa planche et m'a mise au défi, je l'ai traité de fou. Le cœur me débattait et j'en avais les mains moites, et je n'étais même pas encore montée sur la rampe. C'était comme l'ascension du mont Everest. En haut, le vertige m'avait prise au ventre. Mais je m'étais lancée dans le vide. La sensation avait été formidable, incroyable, terriblement excitante et satisfaisante, malgré la chute qui m'avait attendue en bas.

Une vibration sur mon cell me tire de ma nostalgie et m'informe que je viens de recevoir un texto. C'est Sam.

T'es où ?

Je pianote ma réponse en quatre lettres

Parc

puis glisse mon cell dans ma poche avant d'aller m'asseoir en haut de la rampe, là où le soleil me réchauffe le visage.

Quelques minutes plus tard, Sam arrive en courant, essoufflé. Ses cheveux châtains sont dépeignés, comme toujours.

– Je pense qu'ils ont presque terminé, dit-il en s'assoyant.

– Hmm...

Il est presque dix heures. Le couperet va tomber.

Nous regardons nos pieds. Sam va pour dire quelque chose, hésite, puis se reprend.

– Tu sais ce qui m'est revenu en tête ce matin ? dit-il enfin.

– Non, mais je suis certaine que tu vas me le dire.

– L'été dernier, 24 juin.

Qui pourrait l'oublier ? Ça a été l'événement de l'été. On en a parlé pendant des semaines, tant ça a laissé des traces.

– Ton *kickflip* raté !

– Ouais.

– Tu t'étais ouvert le front sur ton *skate*.

– Solide.

– Il y avait du sang partout sur la rampe.

– Et sur mon *skate* ! D'ailleurs, il y en a encore.

– Vraiment ?

– Oui. Je te l'avais jamais montré ? dit-il en me tendant sa planche.

Du doigt, il m'indique un coin où le vernis a été usé par les frottements répétés. Il y a une petite tache brune, signe d'une goutte de sang qui a été absorbée par le bois.

– Il y a un peu de moi dans ma planche, dit-il, philosophe.

– Combien de points de suture, déjà ?

– Huit.

– Ta mère capotait.

– Je pensais pas qu'on pouvait saigner autant.

– Ni chialer autant.

– Hey ! Ça a vraiment fait mal.

– « Je vois plus rien ! Je vois plus rien ! » que je dis en imitant Samuel.

– Ben là ! J'avais les yeux plein de sang, qu'il fait, faussement offusqué.

– Pfff ! Petite nature !

– Andouille, qu'il me répond en me donnant une bine.

– As-tu une cicatrice ?

– Ouais. Toute petite. Elle est cachée dans mon sourcil. T'sais, sur le coup, je pensais être défiguré. Mais c'était presque rien. Je peux même pas me vanter d'avoir une blessure de guerre. Ça a trop bien guéri, dit-il, déçu.

Mon cell vibre. Nouveau texto. Celui-là, je ne veux pas le voir.

– C'est nul, que je dis après un moment.

– Tu vas être la saveur du mois ! me dit Sam pour m'encourager. Tout le monde aime les nouveaux. Tu te souviens quand Nico est arrivé ? L'école au grand complet a été après lui pendant je sais pas combien de temps.

– J'ai pas envie d'être la saveur du mois. Je préférerais rester ici.

Sam fait son grand possible, mais j'ai absolument zéro envie que l'on me remonte le moral. Je veux me complaire dans mon désespoir. Je veux que des super pouvoirs se manifestent en moi. Je veux me faire frapper par un éclair et me transformer en Flash pour remonter le fleuve du temps à la course. Je souhaite que le Docteur vienne me dire que ce qui est arrivé n'est pas un fichu point fixe dans le temps. Je veux corriger les derniers mois de ma vie. Les effacer.

– Imagine ! La grande ville, dit-il avec des étoiles dans les yeux comme si je m'en allais à Rivendell.

– M'en fous de la ville. Je ne suis pas comme toi, Sam.

C'est vrai. Si l'un de nous devait vivre une aventure, si l'un de nous deux devait être Frodo Baggins, ce devrait être lui. Et moi, je serais Sam. Sam Gamgee, pas Sam Samuel. Je n'ai pas le goût de quitter mon village. Je n'ai pas envie d'être déracinée.

– C'est ici que j'ai grandi. Je ne vais connaître personne, et honnêtement, je n'ai pas envie de les connaître. Et je n'ai surtout pas envie d'avoir à leur raconter la dernière année en long et en large. Ça aurait été plus simple de rester ici.

– Tu dis ça maintenant, mais ça va changer. Je te connais.

– M'étonnerait.

J'essaie de prendre l'air le plus bête pour que ce soit bien clair. La reine Bougon, c'est moi. Il est absolument inconcevable que je change d'avis. Dès que ce sera possible, je reviendrai ici. Pas pour une fin de semaine ou quelque chose comme ça. Non, non. Je vais redéménager.

– On en reparlera la semaine prochaine quand tu vas avoir accès à un système de transport en commun digne de ce nom.

Il a peut-être raison sur ce point. Trois autobus le matin et trois autobus en fin de journée, ce n'est pas ce qu'on peut appeler une offre de service exceptionnelle.

– T'es con, que je lui dis, sourire en coin.

– Le mot que tu cherches, c'est « de bonne compagnie ».

– C'est trois mots.

– « Chic type », alors.

– Encore un de trop.

– « Divertissant » ?

– Pas vraiment.

– « Détestable » ?

– Non.

– « Charmant » ?

– Faudrait pas exagérer non plus.

– « Sympathique » ? Je peux être sympathique !

– Mettons… Quand tu te forces.

– Super ! Je pense que je vais inviter Daphnée au party d'Halloween en lui disant ça : « Salut Daphnée, voudrais-tu m'accompagner au party ? Il paraît que je suis sympathique… des fois. »

– T'auras jamais le *guts.*

– On peut rêver.

Ça fait du bien de parler. Pendant quelques minutes, j'ai vraiment oublié ce qui s'en vient. Une minute passe en silence.

– T'sais, je comprends pourquoi il fait ça. Mais... Je sais pas... C'est un peu comme si on l'abandonnait. Comme si on se sauvait.

Sam me regarde. Il ne s'attendait pas à ce que je m'ouvre ainsi. Ce n'est pas vraiment dans mes habitudes. Et c'est un sujet qui est difficile à aborder. Je n'en ai jamais vraiment parlé et Sam a toujours su respecter cela. Voilà une autre des nombreuses raisons qui en font mon meilleur ami.

Je sens qu'il sait qu'il n'y a rien à dire.

– Tu lui as dit ce que tu ressentais ?

Je fais signe que non de la tête.

– Tu devrais.

C'est, bien sûr, le meilleur conseil qu'il pouvait me donner. J'accote ma tête sur lui. C'est un peu gênant comme moment – la mère de Sam dirait que c'est « malaisant » –, et Sam n'est pas trop sûr de comment il doit réagir, s'il doit mettre sa main sur mon épaule. Ce n'est qu'un gars, après tout.

Mon cell vibre à nouveau. C'est encore mon père.

– Ça doit être ton père, me dit Sam.

– Ouin. C'est ce que j'avais déduit aussi. Je pense que je vais devoir y aller.

On descend de la rampe et on se regarde, ignorant le protocole à suivre. Sam ouvre les bras maladroitement, comme pour me faire un câlin, mais il change d'idée et se contente de me donner une bine sur le bras. Ce doit être la séparation la plus maladroite de toute l'histoire des séparations. Pas qu'il y ait quoi que ce soit de romantique entre nous. On s'est bien embrassés une fois en sixième année en jouant à la bouteille à la fête de Marion, mais c'est parce que c'est la bouteille qui en avait décidé ainsi. On se connaît depuis toujours, Samuel et moi. Il est comme un frère. Seulement penser qu'on puisse... Ark! C'est vraiment trop étrange. Genre Luke et Leia étrange.

Je lui rends sa bine.

– Aïe! qu'il fait en se frottant le bras. Essaie de ne pas nous oublier, nous, les pauvres péquenots!

– Je te *skype* pour me plaindre du trafic de la ville dès que je suis arrivée.

Samuel me fait son plus beau sourire, mais je sais qu'il est aussi triste que moi.

Si nous étions les personnages d'un film d'ados, la caméra s'envolerait, soulevée par un drone, alors que j'embarque sur mon *skate.* L'image couperait pour montrer Sam, immobile dans le parc, rapetissant au loin, et le spectateur verrait une larme couler sur ma joue.

Je n'aime pas les films d'ados. C'est tellement prévisible.

Chapitre 1-2

Je vais vivre dans un autre fuseau horaire ! Je ne peux pas y croire.

Papa ne m'avait pas dit que nous déménagions à l'autre bout de la planète ! Est-ce qu'il sait que les scientifiques n'ont pas encore inventé un système de téléportation ? Que je n'ai pas accès à un hélicoptère ou à un jet privé ? Qu'il n'y a pas de ligne de TGV ? Aussi bien s'installer sur la Lune, un coup parti !

Mon père ne me donne pas le choix. Je suis dans l'obligation de le bouder. Ça peut paraître bébé, mais sur le coup, je n'ai pas trouvé d'autre moyen de manifester mon mécontentement. C'est étrangement satisfaisant, même en sachant à quel point c'est immature.

Il y a un silence pénible dans la voiture, silence que j'avoue entretenir avec un malin plaisir.

Ce qui est vraiment désagréable avec mon père, c'est qu'il n'a aucun respect pour l'effort que je mets à bouder. Il se met à parler comme si de rien n'était, de tout et de rien, du beau temps, de la route, de notre futur appartement. Il cherche des chansons à la radio, me suggère de faire la DJ avec mon téléphone, mais ha ha ! je ne saisis aucune de ses perches. Bon, en fait, j'ai oublié de recharger mon téléphone pendant la nuit, et comme la batterie est presque vide, je préfère conserver le peu d'énergie qu'il lui reste au cas où je recevrais un texto de Sam.

Il enchaîne avec ses meilleures blagues scientifiques (Un ion rencontre un atome sur la rue et lui dit : « J'ai perdu un électron. » L'atome lui demande s'il en est sûr. L'ion répond : « Je suis positif ! »), ses anti-blagues (Qu'est-ce qui est vert et a des roues ? Du gazon. J'ai menti pour les roues.), et quelques nouvelles qui se veulent un mélange des deux (Pourquoi six a-t-il peur de sept ? Six n'a pas peur. Six est un chiffre et les chiffres n'ont pas de conscience. Ils sont incapables de ressentir la peur.). Normalement, ce genre de blague, ça me fait brailler de rire. Je sais, je suis étrange comme ça. Je dois serrer la mâchoire et détourner la tête pour ne pas me trahir. Papa n'a aucun respect. S'il me voyait sourire, il saisirait l'occasion d'en remettre.

Il abandonne enfin et me laisse à mon silence. En vérité, papa est plus nerveux que moi et c'est sa manière à lui d'évacuer son stress.

– Je n'ai jamais aimé déménager, m'avoue-t-il. C'est trop fou. Quand j'avais ton âge, j'avais un ami qui déménageait à peu près tous les deux ans. Je n'ai jamais compris comment il faisait pour survivre à ça ! Faut croire que ce n'est pas dans ma nature. Je suis un pur produit de l'évolution humaine : sédentaire jusqu'à la moelle. Peux-tu m'imaginer dans une tribu, forcé de me déplacer avec les saisons ?

Je lui souris et le laisse parler.

– Tu vas voir, continue-t-il, à ton âge, c'est plus facile. Et tu pourras inviter Samuel à venir la fin de semaine. Tu vas voir, ça va bien aller. Ça va bien aller.

Il dit cela pour se rassurer lui-même plus que moi.

– Tu te souviens, il y a quelques années, on a roulé jusqu'en Floride. C'était la première fois que tu étais assise en avant pour un si long voyage. On était arrêté sur le bord de la mer pour se reposer un peu. On était allé marcher sur la plage pendant que ta mère dormait en arrière...

En une seconde, ça me frappe. C'est comme si le train auquel j'essayais d'échapper venait de me rentrer dedans. Et je sens chacune de ses roues me rouler sur le corps. Pourquoi est-ce qu'il raconte ça ? Ça allait bien pourtant. Mon visage a dû se vider de son sang. Il s'interrompt en se rendant compte de son faux pas.

– Bien sûr que tu t'en souviens, laisse-t-il tomber.

Suis-je condamnée à vivre ça dès que je pense à elle ? Pourrais-je un jour revisiter mes souvenirs sans fondre en larmes ?

Je m'appuie le front sur la vitre de la portière et je regarde le paysage. Paysage, faut le dire vite. C'est plutôt restreint. Plus on pénètre dans la ville et moins il y en a. Autour du village, les routes sinueuses nous offrent des champs remplis de blé et de vaches et de moutons qui broutent. Ici, elles se répètent, toutes les mêmes, comme si nous avancions sur une feuille quadrillée. Du béton, partout du béton ! À croire qu'il y avait un spécial à la tonne. Les maisons sont devenues des duplex, des triplex. Au loin, je vois des immeubles à logements. Tout a l'air si... coincé. Et il y a tant de gens sur les trottoirs ! Sans blague, je crois que j'ai vu plus de monde dans les dix dernières minutes que dans la dernière année.

Le camion des déménageurs ralentit à une intersection, bien avant que le feu ne tourne au rouge.

– Ben voyons ! rage mon père. Il y a personne sur la route. Qu'est-ce qu'ils font ? Argh... Ben là ! Pourquoi ils ne tournent pas ici ? Je leur ai pourtant fourni le trajet.

– Arrête, papa. Tout va être correct.

– Tu crois ? Bien sûr. T'as raison. Je suis désolé, ma chérie. Je m'en fais pour rien.

Papa tapote le volant. Sur un coup de tête, il klaxonne le camion de trois coups brefs et va se placer à sa gauche. Le chauffeur abaisse sa vitre, et je fais de même avec la mienne. Mon père se contorsionne et se penche de mon côté pour pouvoir parler avec le conducteur, ce qui n'est vraiment pas évident puisque celui-ci est un bon mètre plus haut que nous.

– Tout va bien ? demande le conducteur.

– Je me posais justement la question.

– Les rues sont étroites. Pis avec toutes les chars qui sont parkés dans rue, on est mieux de prendre la prochaine pis de revenir. Parce que ça passe pas, sinon.

– Si vous le dites.

– Ah, je te le dis, mon homme. Je te le dis.

Le feu vire au vert et le camion repart. Papa grommelle quelque chose. Heureusement, le conducteur avait raison et nous arrivons à notre nouvelle adresse quelques minutes plus tard.

L'appartement est au deuxième. Il y a un escalier étroit et franchement dangereux à gravir avant d'arriver à la porte.

Risquer sa vie pour entrer chez soi, ça a un certain charme.

– Je pense que tu vas aimer ça, qu'il me dit en me faisant visiter l'appartement.

Les planchers de bois craquent. Il y a le salon, qui est une pièce double, la chambre de mon père, ma chambre, la cuisine au fond et la salle de bain. Comme il n'y a encore aucun meuble, nos voix rebondissent sur les murs. C'est loin d'être aussi chaleureux que l'était notre maison. C'est vide, c'est froid. C'est propre. Tiens! il y a une énorme rosace au plafond de ma chambre. Les divisions sont intéressantes. C'est pas si mal, en fait. Il ne manque qu'un peu de couleur pour que ce soit joli. Je pourrais vivre ici. Pas que j'aie vraiment le choix...

Alors que papa retourne voir les déménageurs pour leur dire où déposer les choses, j'essaie d'imaginer ce que sera ma chambre. Si je place mon lit à gauche de la porte, dans ce coin-ci, il y aura assez d'espace à droite de la fenêtre pour mon bureau – de cette façon, je minimiserai reflets et contre-jours désagréables. Et je vais enfin avoir assez d'espace pour installer mes trois moniteurs... quand j'en aurai trois. Je viens tout juste de me procurer mon deuxième. Mais je vais tellement avoir besoin de m'acheter une nouvelle carte graphique !

– 'Tention, mam'zelle !

Un des déménageurs me tire de ma rêverie en entrant dans ma chambre avec trois boîtes dans les bras, trois boîtes contenant du matériel électronique fragile. Je me précipite pour l'aider. Mieux vaut que je m'occupe moi-même de décharger les composantes de mon ordi du camion.

Papa et moi faisons un nombre phénoménal d'allers-retours entre le camion et l'appartement pour monter les nombreuses boîtes, afin que les déménageurs se concentrent sur les meubles. J'ai les cuisses en feu à force de gravir l'escalier. Mes mollets vont se plaindre demain matin. En milieu d'après-midi, le camion est enfin vide. On peut cocher l'étape 4 de la liste.

Ce n'est qu'une liste mentale. Je l'ai faite en voiture. Mais je vais la recopier dans mon cell dès que j'aurai rechargé celui-ci. Les deux premiers points ont été rapidement rayés. Il fallait

1) Faire les boîtes
et
2) Charger le camion avec lesdites boîtes

34

L'être humain est motivé par des accomplisse-
ments concrets. Ce n'est pas étonnant que la plupart
des jeux fonctionnent avec des missions simples à
accomplir, et que même les boîtes de pub commen-
cent à utiliser ce principe dans la vraie vie. Chaque
fois qu'on coche un des éléments, notre cerveau
nous envoie une petite dose d'endorphine pour nous
récompenser. Sam m'accuse d'ajouter des éléments
inutiles à mes listes, mais je ne fais que m'assurer
d'être toujours motivée. Aussi, c'est plus difficile
d'abandonner une liste en cours quand 37,5 % de
celle-ci est déjà réalisée.

Le point 3 a été accompli par mon père :

3) Faire le trajet vers notre nouvel appartement

Ça compte quand même, même si c'est lui qui
conduisait.

Il reste :

4) Déterminer la configuration optimale de ma
   nouvelle chambre
5) Installer mon poste de travail (ma station de jeu)
6) Ouvrir un sac de chips
7) Défaire les boîtes
8) Amorcer ma nouvelle vie

Grâce aux indications de mon père, les meubles
trouvent rapidement leur place. Dans chacune des

pièces, il y a des boîtes empilées les unes sur les autres qui ressemblent à un tableau de *Tetris*. Ne reste plus qu'à toutes les vider et à tout replacer.

Je vais sur le balcon en avant pour prendre l'air avant de me remettre au boulot. C'est bien, comme rue. Il y a plus d'arbres que je ne l'imaginais. Ça doit être bien, l'été, de flâner sur le balcon à l'ombre des érables matures. La similarité des appartements et la répétition des escaliers en façade est plutôt plaisante.

Alors que je sors mon cell pour prendre une photo qui irait bien sur mon fil Facebook, je surprends une conversation. En bas du balcon, les trois déménageurs rangent leur équipement dans le camion. J'entends le plus jeune dire :

– Tu devrais charger deux cents de plus.

– T'exagères. C'est ben trop. Si j'étire trop l'élastique, ça va me péter dans face. Habituellement, tout le monde crache cent piasses quand on leur dit qu'il y avait plus de boîtes.

– T'as vu sa réaction tantôt ? Vingt piasses qu'il ne dit rien.

– OK, dit-il en serrant la main de son partenaire. Pari tenu !

Ils ont raison. C'est vrai que mon père aurait payé sans rien dire. Une fois les déménageurs revenus dans l'appartement, j'entends papa s'exclamer :

– C'est pas ce qui était convenu !

– Oui, mais il y avait plus de boîtes que prévu. Pis l'escalier.

– Quoi, l'escalier ?

– Ben l'escalier non plus était pas prévu.

– Pardon ?

– Un escalier, c'est plus compliqué. Sans compter qu'il est étroit en torvisse, celui-là. Pis mes gars vont être fatigués pour notre prochaine *job.*

Je vois mon père soupirer, insulté, mais prêt à dédommager ces braves hommes qui ont travaillé si fort. Je serre les poings ; à l'intérieur, je bous. Je ne peux pas croire qu'on va se faire arnaquer aussi bêtement. Ils nous donnent l'impression que c'est la seule solution juste, alors que c'est faux.

En voyant le sourire narquois du déménageur – s'il savait ce qui se trame, mon père, trop poli, le traiterait probablement de coquin (oui oui, de coquin !) – et la main de mon père qui plonge dans sa poche pour saisir son portefeuille, je décide d'intervenir. Une mégadose d'adrénaline me parcourt le corps. Et je n'ai encore rien fait !

Pas étonnant que le Chevalier noir ratisse les rues de Gotham tous les soirs. Ça doit être une vraie drogue que de traquer les criminels, de déjouer les plans du Joker et de Ra's al Ghul. Ces déménageurs-ci sont plutôt du calibre de la bande de malfrats qui s'acoquinaient au Pingouin du temps d'Adam West, mais tout de même...

– Je crois qu'on devrait avoir un rabais, que je leur dis en entrant dans la pièce.

C'est au tour du conducteur d'être surpris.

– Ah, si c'était juste de moi, je vous en ferais un, qu'il me répond, l'air presque sympathique. C'est vrai que votre fille nous a beaucoup aidés, monsieur. Je peux bien enlever un quarante.

– Merci. C'est très généreux de votre part, dit mon père.

J'essaie de me faire plus imposante en m'approchant et en lui faisant de gros yeux. Ça me prend tout mon courage pour ne pas trembler comme une feuille.

– Je sais, que je dis lentement.

Le déménageur et mon père me regardent, pas sûrs de comprendre ni l'un ni l'autre.

– Je vous ai surpris à discuter dans votre camion.

Avant que le conducteur ne puisse répondre, je montre mon cell.

– Et j'ai tout filmé. Imaginez, un clic, pis vous vous retrouvez sur YouTube. Ça peut devenir viral assez rapidement. Ça vous tente de passer dans les journaux demain matin ? Votre patron va sûrement être content d'avoir une aussi belle publicité.

Ça ne lui prend qu'une seconde pour comprendre. Quelque chose passe dans ses yeux. Peut-être que ce n'était pas une si bonne idée que ça, finalement. Je n'ai que quatorze ans, je ne fais même pas quarante kilos, et cet homme qui doit faire plus du triple de mon poids a l'air de gonfler devant mes yeux. D'une seule de ses mains, il pourrait nous écraser, mon père et moi. À quoi ai-je pensé ? Ça prend tout mon petit change pour me contrôler.

Je retiens mon souffle.

– OK, la petite. T'as gagné.

– Donc, dit mon père, on parlait d'un gros rabais sur la facture. Disons, deux cents...

– Deux cent cinquante ! que je corrige.

– Deux cent cinquante sur le montant prévu ?

Pris au piège, le conducteur grogne, cède et repart, la mine déconfite.

Quand la porte se referme et que j'entends le camion partir, c'est comme si on me libérait du poids de la Terre entière. Je me rappelle que je dois respirer.

– Tu les as vraiment filmés pendant leur discussion ? me demande mon père.

– Non.

J'ai menti. Je n'ai pas d'images.

– La batterie de mon téléphone était morte.

– T'es incroyable, Laurie ! dit mon père en me serrant dans ses bras.

Après avoir repris nos esprits, papa insiste pour qu'on assemble mon lit, mais je lui fais comprendre qu'il y a des priorités dont il faut s'occuper :

Liste des priorités
Première priorité : recharger mon cell
Deuxième priorité : brancher le routeur sans fil

Je lui souligne l'importance de ces deux éléments primordiaux. Après tout, il s'agit de préserver la santé

mentale de sa fille adolescente. L'argument est suffisant pour le convaincre.

L'opération ne prend que quelques minutes.
Je peux rayer ces deux éléments de ma nouvelle liste.
Mon cellulaire se gavant de précieuse électricité,
je peux enfin m'occuper de ma chambre et publier
quelques photos sur ma page FB.

Chapitre 1-3

Passer une fin de semaine entière à vider des boîtes, à placer des assiettes, des verres, des livres, des DVD, des revues, à remplir un sac de vieux vêtements dont j'avais oublié l'existence (un chandail rose de Hello Kitty, vraiment, Laurianne ?) parce que je n'ai pas voulu le faire avant le déménagement, à poser des cadres, à déplacer des meubles, à brancher un système de cinéma-maison, à défaire une infinité de boîtes en carton et j'en passe, mérite une récompense digne de ce nom. Deux même !

A) une belle grande pizza toute garnie extra bacon accompagnée de frites et de rondelles d'oignons;

B) *skyper* Sam.

– Je pensais pas que vous auriez déjà fini, me dit Sam par sa *webcam*.

– C'est loin d'être terminé. Mais là, si je vois une autre boîte, je pense que je vais vomir.

– *Ligue des mercenaires ?* me demande-t-il de but en blanc.

– Oui, monsieur ! J'ai besoin d'exploser des pixels.

– Oh ! La demoiselle est en feu, jubile-t-il.

Je n'ai pas eu le temps de tout rebrancher. Papa m'a permis d'installer le strict minimum pour que je puisse être fonctionnelle à l'école cette semaine, soit la tour de mon ordi, mon clavier, ma *webcam* et seulement un moniteur. Comme si c'était plus important de placer la vaisselle chic qu'on n'utilise jamais de toute manière. Il y a des gens qui devraient revoir leurs priorités.

Sam et moi nous connectons aux serveurs de KPS. Nous choisissons d'intégrer le champ de bataille, un terrain de jeu virtuel faisant partie du Sanctuaire, où chacun des nouveaux joueurs se voit attribuer de façon aléatoire à une des équipes en action – les rouges, les bleus, les jaunes et les mauves, et ainsi de suite. Ce soir, nous sommes chanceux, car nous nous retrouvons dans la même équipe, celle des rouges. Ça va nous permettre de collaborer dans la traque de nos ennemis. On pourrait aussi le faire tout en étant membres de deux équipes adverses, mais c'est plus difficile à exécuter. Et ce genre de collaboration est généralement mal vu par les autres. Plusieurs pensent que c'est une violation du code d'éthique du jeu.

Un jour, j'aimerais bien mettre la main sur ce « code ». Personne ne l'a jamais vu, mais tous le citent à leur avantage. La première règle doit être de ne pas coucher les règles par écrit. La deuxième et la troisième aussi, parce qu'il n'existe rien sur le web à ce sujet.

Tous les classiques sont disponibles, que ce soit contre des NPC contrôlés par les serveurs de KPS ou contre d'autres gamers. La *Ligue* comprend même quelques nouveautés en prime ! Dans *Sanctuarium*, de son nom officiel, les différentes zones ne sont que des terrains de pratique. On peut se faire descendre et réapparaître à volonté. C'est ici que les joueurs développent et perfectionnent leurs aptitudes en vue du module principal.

Depuis sa fondation, KPS est venu brasser la cage des grands studios. La compagnie, qui ne comptait qu'une demi-douzaine d'employés à sa première année, a lancé des jeux immersifs de qualité supérieure – *La Ligue des mercenaires* est rapidement devenu leur jeu phare, leur vaisseau amiral – qui ont reçu les éloges des critiques, des gamers, mais aussi de leurs compétiteurs, qui ont été forcés de reconnaître leur talent. Sous la gouverne de Patrick Lemieux, PDG et fondateur de KPS, programmeur et ancien gamer professionnel, ils ont développé une intelligence artificielle qui est à des années-lumière de celles de leurs concurrents. L'IA derrière les stratégies des ennemis génériques de la *Ligue* est si puissante qu'il est difficile de savoir si on a affaire à un humain ou à un personnage non joueur. L'IA réagit parfaitement aux commandes des joueurs. Les actions des NPC sont crédibles et complexes. Et ce qui a pris tout le monde par surprise, c'est que l'IA apprend des adversaires contre qui elle se mesure, nous forçant à nous surpasser à chaque session.

Et ai-je dit que c'était immersif ? Genre massivement immersif ! Encore plus qu'on ne pouvait l'imaginer quand la *Ligue* a été lancée. Je crois que personne n'a réussi à explorer l'entièreté de *Terra I*, le module principal de la *Ligue*, et il est en ligne depuis deux ans !

Chaque année amène son lot de rumeurs à propos de KPS. C'est inévitable, j'imagine. La compagnie contrôle mieux ses communications que le premier ministre du Canada. Pas un mot ne sort dans les médias sans qu'il ait été approuvé par Patrick Lemieux en personne. Depuis la fondation de la compagnie il y a cinq ans, il n'y a pas eu une seule fuite sur ce qui était développé. Ce qui m'amène à penser que soit Lemieux est pire que Kim Jong-un, soit il a les employés les plus loyaux de toute la Terre !

J'ai lu des rumeurs sur internet. KPS développerait un système de réalité virtuelle mobile, puissant et abordable. Mais ce ne sont que des rumeurs. KPS n'a ni confirmé ni infirmé quoi que ce soit à ce sujet.

Il va très certainement y avoir des cibles faciles à abattre : plusieurs *noobs* qui traînent ici et là dans des niveaux dont ils ne maîtrisent pas les subtilités, qui sont coincés ou qui ne connaissent pas les zones exposées où, inévitablement, un *sniper* les descendra. À vaincre sans péril, on triomphe sans gloire, dit le proverbe. À cela, je réponds qu'une cible est une cible. Tant qu'on ne s'acharne pas sur un joueur en particulier, c'est légal et de bonne guerre.

Les avatars de Sam2dePique et de Stargrrrl apparaissent dans la zone des rouges.

Sur mon écran, il y a la fenêtre de jeu qui prend la majorité de l'espace. Je me suis gardé une bande sur la droite où je garde deux fenêtres ouvertes. Celle du fureteur Tor me permet d'aller faire des recherches sur le net tandis que l'autre me montre Sam devant son ordi. Chez lui, Sam a une vidéo en direct de ma nouvelle chambre.

Subitement, mon écran vire au rouge. Je n'ai même pas eu le temps de prendre une arme que je viens de me faire buter par DECKARD2019.

– Hé ! Je suis déjà morte ? Pourquoi est-ce que je suis morte ? Qu'est-ce qui vient de m'arriver ?

– Il y a un petit vite qui s'était caché dans notre zone. Il s'est déjà poussé, me dit Sam à l'écran. J'ai même pas eu le temps de le descendre.

Mon avatar réapparaît quelques secondes plus tard près de celui de Sam.

Sam a choisi d'incarner un mercenaire aux bras surdimensionnés, au visage buriné de cicatrices, qui mâchouille perpétuellement un bout de cigare éteint, porte une veste de cuir rouge sous des ceintures et des sangles bardées d'armes et de munitions, ainsi qu'un ridicule béret rouge. Pas une fois je ne l'ai vu perdre son foutu couvre-chef ! Franchement, est-ce qu'il est collé à sa tête ? C'est qu'il a vraiment l'air ridicule avec ce béret !

Pour ma part, j'ai choisi d'altérer les caracté-ristiques physiques que le serveur attribuait à ma mercenaire : de longs cheveux blonds dans le vent, une poitrine démesurée, des bras de poupée Barbie et des jambes d'un kilomètre de long ! Si j'avais accepté ces propositions de base, ma mercenaire aurait été forcée de combattre en bikini.

Quand on génère un personnage, il y a plusieurs choix à faire. Si c'est un homme, celui-ci est muni d'un accoutrement militaire fonctionnel : pantalon en treillis, chemise, veste pare-balles, casque et ainsi de suite. On se demande alors à quoi ont pensé les designers quand ils ont programmé les uniformes féminins : les tenues sont plus sexy que fonctionnelles, les vêtements sont soigneusement déchirés pour laisser paraître les atours des avatars. Disons que ce n'est pas très utile dans une zone de combat.

À force de réglages minutieux sur l'avatar de base, j'ai pu donner à Stargrrrl un corps athlétique, entraîné et parfaitement adapté à la guerre. Ses cheveux foncés sont tressés et attachés, ses yeux sombres, elle a du camouflage dans le visage et dans le cou, pas de rouge à lèvres, une paire de pantalons de camouflage, une veste qui ressemble à celle de Sam et qui cache la petite camisole noire que je n'ai pas pu modifier. Il y a des jours où je me dis que je devrais pirater le serveur pour y ajouter des options d'habillage, un t-shirt qui en dévoile un peu moins par exemple. Mais bon, j'ai d'autres priorités que de m'occuper des *skins* de la *Ligue.* Il faut choisir ses combats. Stargrrrl est endurcie et féminine à la fois, ce qui ne me déplaît pas. Elle est vraiment *cool* !

Ce soir, j'ai soif de pixels.

Le niveau que nous avons sélectionné n'a pas d'objectif précis, pas de drapeau à voler, pas de sous-marin à couler. Il suffit de survivre et de descendre le plus d'adversaires possible. Chacune des cibles abattues nous donne des points. Plus on a de morts à notre actif, plus notre prime est importante, et plus on grimpe dans le classement des joueurs. Si on se fait tuer, on perd une partie des points accumulés au profit de celui qui a réussi à nous abattre. Et quand on meurt, on renaît nu comme un ver. (Ben, pas tout nu tout nu, ce qui serait un véritable suicide commercial pour le studio… quoique…) Notre avatar réapparaît dans la zone de départ de notre équipe avec son uniforme, mais avec pour seule arme le minable pistolet de base.

Sans trop perdre de temps, nous réussissons à surprendre deux bleus qui attendaient à couvert le moment opportun pour se lancer dans la mêlée. Ils n'ont rien vu venir, les pauvres.

Après une dizaine de minutes de jeu, nos noms apparaissent dans le classement. Sam et moi avons chacun descendu une quinzaine d'ennemis sans nous faire abattre une seule fois, si j'exclus ma mort-surprise aux mains de DECKARD2019.

Je reconnais quelques joueurs par leur pseudo, des joueurs contre qui j'ai joué ou avec qui j'ai fait équipe. J'envoie quelques messages de salutation en plus de centaines de balles.

C'est la première fois que je vois ce DECKARD2019. Il est pas mal. Il se classe dans le *top* 10.

– Tu as hâte à demain ? me demande Sam.

– Pas eu le temps d'y penser. N'oublie pas le muret, que je lui rappelle.

– Grenade ou lance-roquette ?

– Grenade. Ça a plus de classe. Et on est trop proche pour le lance-roquette. Je serai nerveuse demain.

À quoi ça sert de me tracasser aujourd'hui ? *Carpe diem.* Je vis le moment présent. De toute façon, même si j'étais nerveuse, ça ne m'avancerait à rien. Alors, aussi bien l'être demain. On construira le pont quand on sera rendu à la rivière.

– Tu penses qu'il y en a combien, deux, trois ? Moi, je dis trois.

– Deux.

– Prête ? OK. *Go !*

Nous lançons chacun une grenade. Cette attaque simultanée, on la fait au moins une demi-douzaine de fois quand on joue à ce niveau. Je ne comprends pas qu'il y ait encore des joueurs qui pensent que ce muret est une bonne planque. Ce doit être des *noobs*. La récolte est maigre : il n'y avait qu'un joueur, et pas un des meilleurs. Sam et moi exprimons notre déception à la caméra.

– Un vrai gaspillage de grenades... Ça te dit de pratiquer la couverture en longue distance ? que je propose à Sam.

– Oh que oui !

C'est loin d'être une nouvelle technique, mais c'est une stratégie très utile pour les parties où il nous faut capturer le drapeau du camp ennemi ou protéger un joueur. C'est très efficace quand il y a une grande zone dégagée. Je monte sur le toit de l'immeuble le plus haut tandis que Sam se prépare à avancer à découvert vers le camp ennemi. Mon travail sera de le garder en vie le plus longtemps possible.

– Je suis prête.

– Moi aussi.

– T'es où ?

– Tu vois la petite cabane rose à deux heures ?

Il est là, à l'extrémité est de la zone, en train de danser dans la maison.

– On ne fait pas le guignol, soldat !

– Je peux voir ton canon qui dépasse, me lance-t-il.

– Hein ?

– Ben non ! Tu es bien cachée. T'as manqué une belle soirée hier. Nico a organisé un petit party.

– Ah oui ? Qui était là ?

– Comme d'habitude : Nico, Mégane, Éliane, Marianne, Oli, Félix et sa blonde, Joanie, moi et une couple d'autres.

– Une couple d'autres ?

– Une couple d'autres.

– Genre Daphnée ?

– Genre.

– Ouuuh ! Lui as-tu dit que tu étais sympathique ?

– Presque…

– As-tu jasé avec elle ?

– Un peu.

– Pis tu ne l'as pas invitée ? T'es ben *chicken* ! Poc poc poc !

– C'est pas ça, se défend-il. L'occasion s'est juste pas présentée. Elle était toujours avec Marianne.

– Pis ?

– Ben c'est ça. Elle était toujours avec Marianne.

– Pis ?

– J'ai lancé plein d'indices à Daphnée pour qu'on aille parler tout seuls, mais Marianne ne comprenait pas qu'elle était de trop, pis elle nous a collé après tout le temps.

– Es-tu sûr que tu as été assez clair ?

– Tu me connais !

– Justement, je te connais. Peut-être que Daphnée t'aurait dit non et qu'elle a simplement voulu t'éviter une cuisante humiliation ?

– Merci de me rassurer, Laurie. Je peux toujours compter sur toi.

– De rien, que je lui dis en riant.

– Bon, assez jasé. Je vais essayer de traverser par le milieu, je coupe vers le trou, puis...

– Bouge pas, que je dis à Sam en l'interrompant.

Pendant qu'on jasait, un soldat ennemi a réussi à se faufiler jusqu'à la maison où se trouve Sam. Il est à l'extérieur, juste de l'autre côté du mur. Sa tête se trouve en plein cœur de ma mire. Une balle bien placée a raison de lui.

– Beau tir.

– Merci.

Sam2dePique sort de la maison pendant que je ratisse l'espace. Les ennemis le voient s'approcher. Le centre de la zone est vide. Personne n'ose s'y aventurer. Trop dangereux. Il y a toujours des *snipers*. Pour se rendre de l'autre côté en un seul morceau, il faut faire le grand tour et passer par les bâtiments, qui sont un vrai labyrinthe. C'est plus long, mais les chances de survie sont plus élevées.

En voyant le mercenaire de Sam ainsi à découvert, tous les joueurs adverses s'activent. Voilà plusieurs points faciles à remporter. J'abats deux jaunes et un bleu qui ont osé sortir d'un immeuble pour tirer sur mon frère d'armes. Un gros balourd mauve tente sa chance. Il vient du côté opposé aux jaunes et se croit peut-être à l'abri, mais il n'a pas franchi dix mètres qu'il tombe comme les autres avant lui.

Sam rigole. Son avatar court et tourne en rond pendant qu'il rit à l'écran.

C'est maintenant aux *snipers* de s'activer. Certains modifient leur position pour le descendre. Erreur. Sam saute à couvert juste à temps pour éviter une balle qui frappe le sol derrière lui.

– C'était proche !

– C'est bon, je l'ai. Donne-moi une seconde.

J'ai vu l'éclat au loin. Il est au troisième étage d'une tour d'habitation à mille mètres de nous. Le *sniper* ennemi va essayer de descendre Sam quand il va sortir de sa cachette.

Deux autres combattants ennemis voient que Sam est coincé. Ils courent dans sa direction, mais Sam tire une rafale qui en fait tomber un, tandis que je m'occupe du second. Je ramène mon attention sur le *sniper*. Il est invisible dans sa cachette. Pas grave. Même si je ne le vois pas, je suis certaine qu'il n'a pas bougé. Sa position est trop bonne. La mienne est meilleure.

Ma balle fait mouche. Il y a une gerbe de sang et je vois l'avatar ennemi s'affaler au sol. Le serveur comptabilise le tir. Trois autres *snipers* tombent sous mes balles, puis un mauve se risque.

Dix cibles abattues. Stargrrrl grimpe de quelques places dans le classement.

– Il y a un *noob* qui s'en vient, constate Sam en même temps que moi.

– Je le vois.

Je vise, tire et l'atteins en plein front, mais il continue sa course. Ça, c'est étrange. Un tir en pleine tête, ça ne pardonne pas. Je recharge et tire deux coups rapides qui font mouche, deux coups qui le frappent de plein fouet droit au cœur. Pourtant, il ne tombe pas.

– C'est quoi, l'affaire ?

Voyant que je n'arrive pas à terrasser le mauve, Sam sort de sa cachette et vide le chargeur de son arme automatique.

Le joueur ne dévie pas de sa course et abat mon ami avec un pistolet. Il met un pied sur le corps encore chaud du mercenaire de Sam et lève les mains en l'air en signe de victoire.

– Ben voyons !

– C'est louche… Je l'ai eu au moins trois fois avant qu'il arrive à côté de toi.

– Je sais. Moi aussi. Je lui ai vidé tout un chargeur dessus pendant qu'il me tuait avec son pistolet.

– C'était qui ?

– DECKARD2019.

Encore lui ?

Nous voyons un message apparaître sur l'IRC : *Yippie kai yay, bande de nuls !*

Insouciant, DECKARD2019 est toujours en plein milieu de la zone de tir, comme si rien ne pouvait l'atteindre.

– OK, gros malin. On va voir si tu résistes à ça…

Je saisis mon lance-roquette et tire un missile droit sur lui. À mi-chemin, la tête de la roquette déploie une centaine de petits drones qui s'abattent sur la cible. Une boule de feu s'élève dans le ciel. Quelques ennemis communs qui étaient sortis de leur cachette pour essayer de le descendre sont soufflés par l'explosion. Le serveur dresse la liste des morts.

Chapitre 1-4

C'est impossible.

DECKARD2019 est encore debout.

– C'est impossible, fait écho Sam.

– Je sais.

– Tu penses que…

– Ouais.

– Tu crois vraiment qu'il triche ?

– Je ne vois pas vraiment comment il a fait, sinon.

Il y a des dizaines de sites et de blogues qui parlent de la *Ligue*. Certains répertorient les options cachées, les *exploits*, les *easter eggs* et les *glitchs* (liste qui est encore vide à ce jour) qui ont été découverts. Aux dernières nouvelles, les boucliers d'invincibilité ne faisaient pas partie des plans de KPS, pas plus que l'invulnérabilité, aussi connue sous le nom de « mode dieu ». Alors, la seule manière de déjouer le système, c'est de tricher. DECKARD2019 joue avec le feu. Si quelqu'un le dénonce et que KPS l'attrape, il sera banni.

– As-tu enregistré la partie ? me demande Sam.

– Non. Toi ?

– Non plus. On aurait dû. Faudrait rapporter le cas.

– Faudrait.

Mais je ne prévois pas le dénoncer. Oui, ce serait plus simple, mais j'ai une meilleure idée. Dès que je lui expose mon projet, Sam embarque.

Première étape : le traquer.

Pendant que j'abandonne ma position sur le toit de l'immeuble pour retrouver la trace de DECKARD2019, Sam court de la zone des rouges jusqu'à la grande place pour me rejoindre. Nous envoyons quelques messages privés à des connaissances et demandons à des joueurs que l'on croise s'ils l'ont vu. Trois d'entre eux l'ont vu passer ou en ont été victimes et nous fournissent rapidement les coordonnées de l'endroit où ils l'ont croisé. En recoupant les infos, le chemin qu'il emprunte est plus clair. Nous nous rapprochons de notre objectif.

Tout avatar en vient à mourir un jour. Personne n'est immortel. DECKARD2019 se trouve en deuxième position dans le *top* 10 depuis trop longtemps.

– Ah non ! Il vient de me descendre, nous informe HarleenQ92.

Grâce à ses indications, nous trouvons son avatar dans le boisé en moins de deux. Aux côtés du corps de HarleenQ92, on peut voir les empreintes encore fraîches de DECKARD2019 dans la terre. Il n'est plus très loin.

– Comment tu veux faire ça ? S'il joue à l'immortel, on ne peut pas le coincer. Il va simplement se retourner contre nous et nous descendre, nous aussi.

J'ai ma petite idée. Un plan. Ou plutôt une ébauche de plan. Mais qui se construit à mesure qu'on se rapproche de lui.

– J'ai besoin de quelques secondes de visuel. Tire pas dessus tant que je ne te donne pas le signal.

Je minimise la fenêtre de jeu, clique sur un raccourci sur mon bureau, ouvre un dossier et trouve le fichier qui m'intéresse. Je double-clique sur quelques icônes. Mes programmes sont prêts. Ça fait un moment que j'avais envie de faire ça. Je suis nerveuse. La manœuvre n'est pas sans risque. Si je me fais repérer, c'est mon compte qui pourrait être suspendu. C'est moi qui pourrais être bannie. Rien qu'à l'idée, un frisson me parcourt l'échine. J'inspire un grand coup.

Il nous faudra être rapides sur ce coup.

Si j'avais un *patch* aussi puissant, comme je soupçonne DECKARD2019 d'en avoir un, je m'arrangerais pour ne pas le dévoiler au grand jour. Je n'irais certainement pas danser sur le corps d'un adversaire comme il l'a fait. J'adopterais un profil bas. C'est certain qu'être immortel comporte ses avantages. Je peux penser à une douzaine de situations où un tel *cheat* serait pratique. Mais contrairement à DECKARD2019, j'éviterais de me retrouver dans le classement. Je désactiverais la chose et me laisserais tuer quelques fois, juste pour brouiller les pistes.

Nous le voyons à quelques dizaines de mètres devant nous. Je reconnais son avatar. Sam et moi nous mettons à couvert pour éviter qu'il nous repère. Aussitôt, dans ma fenêtre secondaire ouverte sur mon bureau, je lance un programme pour identifier son adresse IP. En moins de 273 millisecondes, le logiciel me fournit plus d'un demi-million d'adresses. Tous les joueurs qui sont présentement connectés à ce serveur de KPS sont listés ici, et l'une d'elles appartient à DEC-KARD2019.

À première vue, l'opération semble pharaonique. Pourtant, il n'y a rien de plus facile que de trouver une aiguille dans une botte de foin, suffit d'y mettre le feu ! Une fois la paille brûlée, on ramasse l'aiguille.

Voilà ce que je fais. J'élimine toutes les adresses de ceux qui sont dans les missions individuelles, qui jouent à battre un chrono, qui tentent de capturer un drapeau ennemi, etc., bref, toutes celles qui ne sont pas sur ce niveau. Les adresses se mettent à disparaître et la base de données fond à vue d'œil. Puis je croise l'information avec notre localisation sur la carte. Trois résultats me reviennent. Et je connais deux de ces adresses IP par cœur.

– Je te tiens !

OK, pas de stress. Il ne sait toujours pas qu'on est là. Il joue au *sniper* et canarde les joueurs de loin sans se méfier. Ça me donne amplement le temps de découvrir ce qui cloche avec lui. J'ouvre un port d'accès. Sans ses informations et son mot de passe, je ne peux pas accéder à son compte sur le serveur. De toute façon, je ne *hackerai* pas son compte. Ça me vaudrait assurément un bannissement. Mais je peux aller vérifier ce qui se passe chez lui. Disons que c'est l'équivalent de regarder la télé du voisin par la fenêtre de son salon.

Ce qui m'amène à la deuxième étape : le programme-espion.

Une opération comme celle-ci est une première pour moi. Je n'ai jamais *hacké* un joueur en *live.* J'ai déjà fouiné sur le net. Beaucoup même. Je n'ai jamais rien volé, je n'ai pas détourné de fonds ou abîmé de structure informatique. Je suis seulement allée jeter un petit coup d'œil... pour voir l'architecture de certains systèmes ou bases de données. C'est surprenant tout ce qu'on peut apprendre d'une structure informatique bâclée !

Revenons à nos moutons. Les serveurs de KPS sont dotés de la meilleure protection qui soit. Des pare-feu et des logiciels de cryptage dernier cri. Jusqu'à ce jour, ils n'ont jamais été victimes de cyberattaque – ou s'ils l'ont été, la compagnie n'en a rien dit. Et ce n'est pas moi qui vais tenter de percer leurs protections. Pas ce soir.

Je ne peux pas accéder au compte de DEC-KARD2019 sur les serveurs de KPS. Et je ne vais pas essayer de le faire. Par contre, je peux utiliser son ordinateur comme relais.

Le logiciel malicieux que j'active lance une attaque contre l'ordi de DECKARD2019. En moins de temps qu'il ne le faut pour dire « DDoS », une série d'opérations automatisées contourne les logiciels de protection et les pare-feu du tricheur. Deux nouvelles fenêtres apparaissent sur mon écran.

Ha ! Ça a fonctionné ! Ça a vraiment fonctionné ! J'ai maintenant un accès à distance à son ordinateur.

Je suis si nerveuse que j'en ai les mains moites.

OK. Du calme, Laurianne.

Sur une des deux fenêtres, je peux voir ce qui est affiché sur l'écran de DECKARD2019. De cette manière, je sais exactement ce qu'il fait et où il se trouve. Il n'a toujours aucune idée de ce qui l'attend. Sur l'autre, je suis libre de fouiner chez lui sans être détectée.

J'accède à son inventaire et je vois l'objet en question. Ou plutôt, je vois le code ajouté. Je copie le *patch* frauduleux dans un fichier sur mon propre ordi pour pouvoir l'analyser plus tard à tête reposée, puis je prends plusieurs captures d'écran, avant de désactiver l'ajout.

– OK, Sam. Il est sans défense. Gâte-toi !

Sam lui envoie un coucou par messagerie avant de passer à l'attaque. Notre cible sursaute. Quelques secondes auparavant, DECKARD2019 était immortel, et là, Sam lui arrache des points de vie par dizaines. Notre cible est désemparée. Plutôt que de nous affronter, il cherche une sortie, il veut se défiler.

– Oh non, mon grand. Tu restes avec nous ! dit Sam.

DECKARD2019 doit se demander ce qui est arrivé à sa modification. C'est parfait, car c'est tout le temps dont j'ai besoin pour lui laisser une surprise. Dès que le virus est installé, je l'active et me déconnecte de son ordinateur. Ni vue ni connue.

À deux, on se débarrasse de lui assez rapidement. Je vois une partie de ses points lui être soustraits, son nom chuter dans le classement, puis disparaître complètement. La prime pour son élimination est généreuse, mais je suis surtout contente qu'on lui ait botté le cul.

– Hé, il est passé où ? demande Samuel.

– Son ordi redémarre.

– Comment tu sais ça ?

– Petit cadeau.

– T'as infecté son ordi ? Démone.

– Il l'a cherché. C'est rien de bien méchant. Ça va *rebooter* son ordinateur, puis dans trois minutes, ça va le redémarrer encore. Le programme fait ça trois fois. Ça userait les nerfs de n'importe qui.

– Oh wow !

– Et le virus s'autodétruit lors du dernier redémarrage. Et...

– ... il va penser que c'était un *bug* plutôt qu'un virus. Génial ! dit Sam.

Après ça, Sam et moi nous déconnectons de la *Ligue* et choisissons d'aller massacrer du zed.

Chapitre 1-5

Je dois me sauver, courir.

Ici, je ne suis pas en sécurité. J'ai le cœur qui bat à cent à l'heure. Ils me suivent et se rapprochent. Ils sont tout autour. Il doit y en avoir des dizaines. Que sont-ils ? Je n'arrive pas à les voir. Je les sens, par contre. Ça oui. Et j'en ai la chair de poule.

Comment combattre sans savoir ce qui me poursuit ?

Je me retrouve sur le palier d'une cage d'escalier. La surface grillagée me laisse voir le vide sous mes pieds. Et leurs pas font résonner le métal de la cage dans la nuit. Je ne peux plus courir. Ils sont tout autour. Retenus par une barrière invisible, ils restent tapis dans l'ombre. Parfois, leurs membres passent dans la lumière, juste assez pour me glacer le sang, trop peu pour que je les identifie enfin. Leurs râlements me figent, me privent de ma volonté. Je ne veux pas devenir comme eux.

Leurs mains sont bleues, grises, verdâtres, tout cela à la fois. Leur chair est abîmée, pourrie. Ce sont... ce sont... Non, pas eux, pas ici !

Et je sais.

Des zombies...

Ils tentent de m'agripper. De m'attirer à eux. Leurs mouvements sont trop lents et je me défais de leurs griffes.

Tant que je reste près de la rambarde, je suis sauve... Je dois trouver un moyen de leur échapper, il me faut une arme pour les combattre. N'importe quel objet pourrait me sauver la vie. La rambarde est basse. Elle m'arrive sous la taille. Je pourrais tomber si facilement. Au fond, il n'y a rien. Qu'un trou noir. Pas de monstres. Mais pas d'escalier non plus.

L'intensité de la lumière diminue. La noirceur gagne du terrain. Ils se rapprochent de moi, vont me mettre la main au collet.

Il n'y a qu'une seule solution : me lancer dans le vide.

Avant qu'il ne soit trop tard, je saute. Je sens les ongles de l'un d'entre eux me griffer la peau. Il a été trop lent. Alors que je tombe, un grognement s'élève des profondeurs. Un souffle chaud et putride me caresse le visage. Je comprends… On m'a piégée. Ces zombies obéissaient à un maître bien plus effroyable qu'eux. Un monstre sans nom caché dans le noir. La Peur. Le Mal. Ils m'ont rabattue comme la proie que j'ai toujours été.

Il n'y a rien à faire…

Je suis perdue…

Je tombe…

Je tombe…

Je tombe de mon lit et me réveille empêtrée dans les draps. La nuit a été difficile. Combattre l'apocalypse zombie jusqu'aux petites heures n'était peut-être pas la meilleure des idées. Manger tout un sac de Cheetos non plus. Trop de fromage chimique avant de dormir, ça ne me fait pas.

Déjà 6 h 28. Plus que deux minutes avant que mon cadran sonne. Il me reste donc deux minutes de sommeil à aller chercher. Sans me donner la peine de remonter dans mon lit, je tire un bon coup sur les couvertures et m'enveloppe au chaud dans mon cocon. Mes paupières se referment d'elles-mêmes.

Je sursaute quand mon père ouvre la porte pour me réveiller.

– Allez, la paresseuse, on se lève ! m'ordonne-t-il. Il est déjà sept heures et demie ! Tu ne veux pas être en retard à ta première journée !

Quoi ? Sept heures combien ? Mais c'est à peine si j'ai fermé les paupières !

– Couchée tard ? me demande mon père.

– Pas vraiment, que je marmonne depuis ma chrysalide.

Mon mensonge ne convainc personne, ni mon père ni moi. Il sait très bien que mes parties avec Sam finissent à pas d'heure.

Naturellement, il n'y a plus de pain et mes céréales préférées sont perdues dans les boîtes que nous n'avons pas eu le temps d'ouvrir. Je dois me rabattre sur le bol que me tend mon père. Celui-ci essaie de me convaincre que ce n'est pas de la moulée pour les chevaux. En vain. C'est drabe, ça a la texture du carton broyé et la bouchée me reste prise en travers de la gorge. Un texto de Sam vient à ma rescousse. De toute façon, la seule cuillerée que j'ai avalée devrait fournir à mon corps toutes les fibres dont il aura besoin jusqu'à ma graduation !

Hey Laurie, Pour ta première journée, tu devrais mettre ta belle robe bleue, elle te donne des airs de princesse. T'es tellement CHOU quand tu la mets!!;-)

Impossible. Tu ne me l'as pas remise la dernière fois que je te l'ai prêtée. :-p

Ouuuuh! Cassé! XD

Je te texte ce midi.

Je n'ai pas enfilé de robe bleue. Trois raisons me viennent en tête : A) le facteur « ark » de me retrouver à ma première journée de classe en robe est beaucoup trop élevé; B) ça *clashe* totalement avec mon style; C) je ne me souviens pas de la dernière fois où il y a eu une robe dans ma garde-robe, peu importe la couleur. La tenue idéale pour ne pas attirer l'attention sera composée d'une paire de jeans, d'un t-shirt à l'effigie d'une TARDIS (oui, une !) flottant dans l'espace intersidéral, et d'un kangourou, qui m'offre aussi la possibilité de me rétracter dans ma bulle, tels une tortue ou un bernard-l'hermite. Une ado dans son capuchon, c'est une ado qui ne veut pas être dérangée. C'est un signe quasi universellement reconnu. « Quasi » parce que mon père ne semble pas fonctionner selon les mêmes codes que le reste de la race humaine.

La cloche de l'école retentit alors que je franchis la porte d'entrée. Les élèves se pressent de se rendre à leur salle de cours. Je dois tout d'abord rencontrer le directeur, monsieur Monette, un bonhomme ventru et rougeaud, qui m'accueille chaleureusement dans son bureau :

– Mademoiselle Barbeau ! Soyez la bienvenue dans notre humble établissement. Nous avons parcouru votre dossier avec intérêt et nous sommes fiers de vous compter parmi notre cohorte.

Monsieur Monette parle au « nous », et c'est *très* étrange. Fait-il référence à l'école ou parle-t-il de lui ainsi ? Après m'avoir complimentée sur mon dossier académique, il se met à énumérer les grands moments de l'histoire de cette école remarquable. Mon esprit s'égare. Je ne souffre pourtant pas d'un déficit d'attention. En classe, je suis une élève plutôt douée. Surtout en maths.

C'est le décor de ce bureau qui me déconcentre. Partout sur les murs, il y a des cadres avec des photos de chats : des chats qui font du ski, des chats habillés comme des humains, des chats qui font les beaux yeux, des chats qui jouent aux cartes, des chats qui sautent dans les airs, etc. C'est une blague ? Ça doit être forcément une blague, non ? Je n'arrive pas à croire que mon nouveau directeur est un fanatique de chats. Peut-être qu'il passe son temps à regarder des vidéos de chats sur internet pendant que nous sommes en classe ?

– Ah ! Je vois que vous observez la famille Monette.

Il y a une photo où le directeur tient un gros matou tigré dans ses bras.

– C'est le vôtre ?

– Oui. Il s'appelle M. Monette. « M » pour minou, dit-il en riant de sa blague.

Pour ne pas créer de malaise, je me force à rire avec lui.

Mettant fin à cette conversation bizarre, monsieur Monette me tend mon horaire sur lequel il a noté le numéro de ma case.

– Vos collègues ont hâte de vous rencontrer, mademoiselle Barbeau, ajoute-t-il en m'incitant à me dépêcher.

Je gravis les escaliers à reculons et arrive devant la porte du local. C'est là que ça me frappe : le prof va insister pour que je me présente devant toute la classe. C'est toujours comme ça que ça se passe. Si je n'avais pas passé autant de temps à tuer des zeds cette nuit avec Sam et que je ne m'étais pas couchée si tard, j'aurais pu me lever plus tôt, arriver en avance et m'installer bien au fond de la classe avant que tout le monde arrive. J'aurais pu passer inaperçue. C'est raté.

Là, les conditions gagnantes sont réunies pour une présentation publique. C'est inévitablement ce qui arrive quand la nouvelle de l'école se présente en retard à son premier cours.

Bravo, championne !

Depuis le couloir, j'envisage trois possibilités :

Scénarios possibles

Scénario A : J'ouvre la porte en douceur, le prof est en train d'expliquer de la matière hyper importante au tableau et je parviens à me faufiler jusqu'à ma place, telle une ninja, sans que personne ne s'aperçoive de ma présence.

Probabilité : 10 %

Scénario B : La porte grince. Impossible de me défiler. Le prof m'oblige à me présenter devant toute la classe.

Probabilité : 85 %

Scénario C (le pire de tous) : Croyant bien faire, monsieur Monette a déjà étalé ma vie à ma place sur l'interphone de l'école.

Probabilité : 5 %

J'appréhende le pire. Je croise les doigts. S'il vous plaît, s'il vous plaît, s'il vous plaît, faites qu'il n'ait pas parlé de moi.

Je ferme les yeux, prends une inspiration, croise les doigts, fais une prière silencieuse, et tourne la poignée.

Chapitre 1-6

Trente paires d'yeux se tournent vers moi. Pour la ninja, on repassera. Le prof de maths, monsieur Savard, interrompt sa réduction d'équation algébrique au tableau et me fixe.

– Oui ?

– Hem... Je... que je baragouine.

– Laurianne, c'est ça ? répond-il à ma place, ce qui provoque quelques ricanements dans la classe.

La nouvelle qui ne connaît même pas son nom. Génial.

Je fais signe que oui, tout en résistant à la tentation de lui souligner son erreur à la troisième ligne de sa réduction. Ce n'est sûrement pas le meilleur moyen de faire mon entrée en classe.

– Le directeur m'a prévenu de ton arrivée. Il y a une place au fond pour toi, dit-il en m'indiquant une table de libre. Comme tu le vois, on a les deux mains plongées dans l'algèbre. Si tu n'as pas ton manuel, tu peux suivre avec un collègue.

Ce n'est pas l'entrée du ninja que j'espérais, mais c'est bien moins pire que ce que je m'étais imaginé. Ouf !

Je ne me suis pas encore assise que le prof a repris son cours et répète – je sens que ce n'est ni la première ni la dernière fois qu'il le fait – l'importance de suivre l'ordre de priorité des opérations.

Tout ça, c'est du déjà-vu. Dire que je suis douée en maths est un euphémisme. C'est une seconde nature. Je peux résoudre ce genre d'équation pendant mon sommeil. Vraiment ! Bon, cette nuit, j'ai rêvé à des zombies, mais je fais aussi des rêves de codes informatiques et de formules logarithmiques. Oui, je sais. *Weird.* Sam me le dit souvent.

Pour l'instant, je m'installe à ma place et sors de mon sac le manuel du cours ainsi qu'un cartable rempli de feuilles lignées. Même si je peux réussir ce cours les doigts dans le nez, le prof s'attend à ce que je sois attentive. Alors je vais faire semblant de prendre des notes et passer la prochaine heure à gribouiller.

Du coin de l'œil, je vois que le garçon à ma droite m'observe. Un peu trop. J'essaie d'en faire peu de cas, mais je sens sa présence à la périphérie de mon champ de vision. Toute la classe regarde en avant tandis que lui me fixe. OK, d'accord. Je suis la nouvelle. Mais faut-il vraiment qu'il me dévisage ainsi ? Le gars me regarde comme on regarde le *poster* du prochain *Star Wars.* Sa mère ne lui a jamais appris que c'était impoli ? Il pourrait faire ça d'une manière plus subtile, non ? Ou juste pas du tout. Pas du tout, ce serait encore mieux. Je vote pour pas du tout.

Je me retourne vers lui pour lui demander silencieusement s'il a fini, et il en profite pour me lancer un clin d'œil. Sérieusement ? Sa voisine ne semble pas apprécier non plus; elle s'étire pour lui donner une claque derrière la tête, tandis que je hausse les épaules et me concentre à l'ignorer. Visiblement, sa copine ne trouve pas qu'il agit correctement. Si elle peut le tenir en laisse, ce sera tant mieux pour moi.

Pour mieux me dérober à son regard, je fais pivoter un peu ma chaise et feins de m'intéresser au manuel de maths. Me voyant tourner les pages dix à la fois, la fille à ma gauche attire mon attention.

– Pssst! Psssssst!

Elle a des traits asiatiques, les yeux bruns et le nez fin. De délicates taches de rousseur parsèment son visage et une mèche rose éclatante tranche avec ses longs cheveux noirs. On dirait un néon brillant dans la nuit. Son visage m'est tout de suite sympathique. Elle me sourit et pointe dans son manuel.

– Cent vingt-huit, me murmure-t-elle, en m'indiquant la page où on se trouve.

– Merci, que je lui réponds silencieusement.

– Charlotte, poursuit-elle.

– Laurianne.

– Je sais.

Hein? Comment ça, elle sait? Ah oui, c'est vrai! Le prof m'a présentée. Me voilà qui paranoïe.

Si ça n'avait été de Charlotte, j'aurais suivi mon plan initial consistant à tirer mon capuchon à la manière d'Arno Dorian et à me réfugier dans les toilettes pendant les pauses. Mais cette fille et ses cheveux roses m'ont complètement déstabilisée. Bon, je me suis quand même réfugiée dans les toilettes pendant les pauses, mais je l'ai fait à visage découvert. Et pendant le cours de maths, plutôt que de me cacher dans mon manuel, j'ai passé la période à observer sa teinture et à me demander quelle couleur m'irait aussi bien qu'à elle. Peut-être mauve. Ou vert. Un vert tirant sur le turquoise. Exactement comme Ramona Flowers, avec des lunettes d'aviateur. Ce serait trop *cool* !

Sur l'heure du midi, Zachary, le gars au clin d'œil et à la subtilité niveau zéro, revient à la charge. Il n'a pas encore compris, celui-là ?

– Hey, Laurianne ! Salut... euh... Tu veux t'asseoir avec nous pour dîner ?

Il y a un autre gars avec lui dont j'ignore le nom, mais qui est dans la même classe que nous – il a de longs cheveux bruns et est en train de les nouer en toque –, et deux filles. Je ne connais pas la première. Elle a les cheveux bouclés comme de petits ressorts. La seconde, c'est Sarah-Jade, la blonde de Zach, qui justement, est blonde. Les couteaux qu'elle a dans les yeux me laissent croire qu'elle n'est pas du tout ravie de l'invitation qu'il vient de me lancer.

– Merci, mais je pensais plutôt aller manger dehors. Une autre fois, peut-être ?

– Comme tu veux.

Alors que je m'éloigne, j'entends Sarah-Jade dire à Zach :

– Pourquoi tu l'invites, elle ?

– Ben quoi ?

Urgh. La dernière chose qui m'intéresse, c'est de me retrouver au milieu d'un triangle amoureux. Surtout que Sarah-Jade m'a l'air du genre ultra jalouse.

Dans la cour, je me trouve un coin au soleil et à l'abri du vent, m'y installe, enfile ma paire d'écouteurs et mange un sandwich tout en textant Sam pour me plaindre de mon misérable sort.

Depuis que nous sommes arrivés à l'appartement il y a trois jours, j'ai vraiment fait mon gros possible pour contenir ma mauvaise humeur (exception faite du voyage en voiture, où je me suis permis de bouder). J'ai même ri quand mon père s'est mis à chanter du Lady Gaga en lavant les planchers. La réalité, c'est que j'ai un nœud au fond du ventre qui revient à tout moment. Nœud de colère, d'angoisse, de tristesse, d'ennui.

Je passe l'heure à échanger des textos avec Sam, ce qui me permet de savoir tout ce qui se passe à l'école. Enfin, mon ancienne école. Sam me fait rire avec ses messages, et j'en arrive presque à oublier le trouble qui me tenaille. Avec Fall Out Boy dans les oreilles, je rate presque la cloche annonçant la reprise des cours d'après-midi. Et j'ai un cours d'éduc. Et mon sac de vêtements est dans ma case.

Je me lève et me précipite au sous-sol.

– On ne court pas dans les couloirs, mademoiselle ! m'avertit une surveillante que je passe proche de bousculer.

Sans ralentir le rythme, je lui crie que je suis vraiment désolée.

Devant ma case, je m'y reprends trois fois avant de déverrouiller mon cadenas. Je prends mon sac, claque la porte, remonte les escaliers quatre à quatre, recroise la surveillante qui m'avertit à nouveau et part à la recherche des vestiaires, où je me change en deux temps trois mouvements et me fais une queue de cheval. J'arrive en trombe (et en retard) devant la porte du gymnase.

Selon mon père, qui, malgré toutes ses qualités, est parfois un adepte de la psychologie à cinq sous, c'est un acte manqué. En gros, notre inconscient nous pousserait parfois à faire le contraire de ce que l'on voudrait faire, parce qu'au fond de nous, c'est vraiment de ça qu'on aurait envie. Comme recevoir un cadeau poche et le casser par inadvertance, ou rater l'avion pour ne pas avoir à dire adieu à son amoureux. Jusqu'à aujourd'hui, je classais l'acte manqué dans la catégorie « gros n'importe quoi ». Parce que selon cette théorie, je ne rêve pas de passer inaperçue, mais souhaite plutôt que tout le monde remarque ma présence. *Yeah, right !*

C'est le temps de me mettre en mode ninja.

Je pousse la poignée de la porte et entre sur la pointe des pieds. Quinze pas me séparent des autres élèves de la classe. Discrète et rapide, je m'approche du groupe. Au pas numéro huit, la porte se referme derrière moi dans un claquement sourd qui résonne dans tout le gymnase. Toutes les têtes se tournent vers moi. Encore. Je vais commencer à croire que je le fais exprès.

– Tu dois être Laurianne. Tu n'as pas eu trop de difficulté à trouver le gymnase, j'espère ?

– Non non, monsieur. Désolée d'être en retard.

– Ça va pour cette fois. On s'apprêtait justement à commencer.

Le *coach* d'éduc est un grand nerveux au corps athlétique et au crâne rasé. Il a un sifflet rouge à la main et un chronomètre autour du cou, ainsi qu'un collier avec des plaques d'identité de l'armée. Il insiste pour qu'on l'appelle *coach*. Pas monsieur Michel, pas *coach* Michel, juste *coach*. Et il n'a que deux volumes pour parler : fort et très fort.

– Est-ce que tu sais courir, Laurianne ?

– Je connais la base : gauche, droite, gauche, droite, répéter si nécessaire.

Ce qui faire rire la classe, sauf Sarah-Jade, qui pousse un petit grognement et se penche vers les filles près d'elle pour leur glisser quelque chose à l'oreille, ce qui les fait glousser.

– Exactement ! Ça exige de la persévérance. J'aime ton attitude ! Il y en a plusieurs ici qui devraient prendre exemple sur Laurianne, ajoute-t-il pour le reste de la classe. OK ! Je vous rappelle que dans un mois, on a un *cross country.* Au menu pour le réchauffement d'aujourd'hui : cinq suicides !

Une vague de découragement parcourt le groupe.

77

– Oh ! Qu'est-ce que j'entends ? Un début de muti-nerie ? Parfait, ma bande d'escargots. On double la mise ! Des objections ?

– Non, *coach*... répond mollement la classe.

– J'ai rien entendu !

– *COACH* ! NON, *COACH* !

Euh... Est-ce que mon père m'a inscrite à une école militaire à mon insu ? Va-t-on devoir ramper dans la boue et sauter par-dessus des barbelés tantôt ? Pas que ça me dérangerait tant que ça, mais j'aurais au moins aimé le savoir avant.

Charlotte s'approche de moi.

– Inquiète-toi pas. Il nous fait le coup à chaque fois. Je suis certaine que dans son plan, on devait en faire dix.

– Quelque chose à ajouter, Charlotte ? l'interpelle le *coach*.

– Non, *coach* ! Je m'assurais juste que Laurianne savait quoi faire. Ah, lui, ajoute-t-elle tout bas en me présentant le gars à ses côtés, c'est Elliot. Il est vite en sale.

Elliot me sourit maladroitement, un peu gêné par ses broches.

– Ben non. C'est juste que j'ai des grandes cannes, précise Elliot, un maigrelet mesurant presque un mètre quatre-vingts.

– OK, gang ! intervient le prof. Qu'est-ce que vous attendez ? C'est pas le moment de faire une sieste, c'est le moment de courir. *Go go go !*

Des suicides, pour ceux qui n'en ont jamais fait, c'est un moyen de torture développé par un sadique qui a réussi à faire croire que c'était pour notre bien. On doit partir de la ligne du fond du gymnase, courir jusqu'au premier quart, situé à disons cinq mètres, toucher le sol de la main et revenir à la ligne de départ. On touche le sol et on se rend jusqu'au milieu, à dix mètres. On touche le sol et on revient au début. On retouche le sol et on se rend au trois quarts, à quinze mètres. On touche le sol et on revient au début. Et on touche le sol et on se rend jusqu'au fond avant de toucher le sol et de revenir à la ligne de départ. Ça, ça fait un. Là, il faut en faire dix !

Je n'ai encore rencontré personne qui aimait faire ce genre d'exercice à la noix. Tout le monde déteste les suicides. C'est pire que des intervalles. C'est mortel ! Ça porte bien son nom.

De toute façon, j'adore la course. Je suis plutôt bonne. L'an dernier, j'ai remporté le Méritas en éducation physique à mon école, probablement parce que j'ai terminé première dans toutes les courses de l'Olympiade. Comme je n'ai pas couru depuis au moins dix jours, j'ai des fourmis dans les jambes. Pas que j'aime particulièrement la torture, mais il faut que je bouge. Et ce n'est pas quelques suicides qui vont me faire peur.

Après quelques secondes de course, un peloton se détache. Rendus à mi-parcours, la plupart des élèves du groupe peinent à poursuivre. Le visage rouge, ils cherchent leur souffle. Dans le peloton, il y a Zach, Sarah-Jade, l'autre gars à la toque qui était assis à leur table ce midi (je crois qu'il s'appelle William), Elliot, qui tient bon, et moi.

Après deux longueurs de gymnase, je vois William qui s'arrête brusquement pour refaire sa toque.

Lors de notre dernier suicide, alors que Zachary, Sarah-Jade, Elliot et moi touchons la ligne de départ presque simultanément, Elliot me regarde et me dit : « On fonce ! » Il détale comme un lapin. Je cours après lui et le rattrape. On sprinte jusqu'à la ligne et on revient. Sarah-Jade et Zach ont accéléré la cadence et nous talonnent.

Chaque fois qu'on touche le sol de la main, on se relance dans un nouveau sprint. Épuisé, Elliot doit ralentir. C'était du *bluff*. Sarah-Jade est juste derrière moi et tente de me rattraper. *Cool !* Si je ne me trompe pas, Sarah-Jade fait sûrement partie des filles populaires de l'école. En tout cas, elle a le look et l'attitude pour aller s'asseoir avec elles à la cafétéria. De la voir être parmi les meneuses va sûrement contribuer à ce que j'aie l'air un peu moins bizarre. À mon ancienne école, mes performances athlétiques n'ont jamais rimé avec popularité. Au contraire. Pas que je m'en souciais vraiment non plus. Mais bon. Je devrais peut-être essayer de devenir son amie.

Chaque fois que nous nous croisons, Sarah-Jade a l'air d'être en furie. C'est clair dans son visage. Peut-être qu'elle pense encore à l'incident de ce matin.

Faut-il que je lui rappelle que c'est Zach qui m'a fait un clin d'œil, pas l'inverse ? Elle ne semble pas avoir saisi qu'il ne m'intéresse pas le moins du monde. Il va falloir que je lui dise pour dissiper ce malentendu et faire baisser la tension d'un cran.

À la dernière ligne, je donne le tout pour le tout.

Allez, Laurie !

On court coude à coude. Grâce à ses longues jambes, Zach nous rejoint sur les dix derniers mètres. Tous les trois, nous franchissons la ligne en même temps. Sarah-Jade et moi ralentissons et allons nous arrêter sur le mur, Zach, lui, trébuche et glisse sur le sol. Trois secondes après nous, Elliot et William complètent leur dernier suicide. Pendant les minutes qui suivent, tous les élèves de la classe complètent l'exercice.

Ouah ! Ça fait du bien ! J'avais un surplus d'émotions négatives à évacuer. C'est ce qui arrive quand on ne chausse pas ses souliers de course pendant deux semaines. Je reprends mon souffle et rejoins Sarah-Jade pour la féliciter.

– Beau sprint, que je lui dis en levant la main pour qu'on se fasse un *high five*.

Elle ne répond pas à mon offre et je reste la main en l'air comme une tarte.

– C'est quoi ton problème ? qu'elle me dit en me plaquant de l'épaule et en allant retrouver Zach et William.

Chapitre 1-7

Cette journée est nulle !

Je déteste les lundis. Je déteste cette école. Et je commence sérieusement à détester cette Sarah-Jade.

Tout va de travers.

La mission incognito est un échec total. Avec ma chance, Sarah-Jade n'est pas seulement une des filles populaires, elle est *la fille* la plus populaire de l'école. De ce que j'ai pu observer aujourd'hui, elle est le centre d'attention et elle n'est pas prête à donner sa place. Elle doit être du genre à décider des amis que son chum a le droit de voir ou pas. Mon sort est scellé. Elle va faire aller la machine à rumeurs et détruire ma réputation avant même que je n'aie le temps de m'en faire une. Je serai *persona non grata.*

J'espère vraiment ne pas m'en être fait une ennemie.

Sérieux, Laurianne, bra-vo.

Je ne sais pas ce que j'ai fait, mais j'ai sûrement fait une gaffe.

Avant de déménager, Sam me contait des histoires de peur à propos de la grande ville, pour me faire rire et me remonter le moral. Dans l'une d'elles, ma future école était sous l'emprise de Méduse, un monstre mythique qui sème la peur dans le cœur de ses ennemis et qui les pétrifie. Jamais je n'aurais pensé la rencontrer en personne.

OK, je disjoncte. Sarah-Jade n'est quand même pas aussi monstrueuse que Méduse. C'est impossible qu'elle me déteste autant. On s'est à peine adressé la parole ! Peut-être qu'elle est SPM ? Peut-être que je ne lui ai pas fait une bonne impression ? Le clin d'œil de Zach n'a sûrement pas aidé les choses. On devrait pouvoir en parler comme des personnes normales et corriger le tir.

À la fin du dernier cours, alors que tout le monde se précipite hors du local pour rentrer chez lui, l'enseignante de français, madame Languedoc, demande à me voir.

– Il faut lire *Maria Chapdelaine* pour la semaine prochaine. Est-ce que tu en as une copie chez toi ?

– Je sais pas trop, madame. On n'a pas fini de s'installer...

– Tiens. Je te prête la mienne, en attendant. Ça va te donner la semaine pour en trouver un exemplaire. Il faudra me la rendre lundi prochain sans faute, d'accord ?

– Bien sûr. Merci.

En descendant vers les cases pour vider mon sac dans la mienne et reprendre mon manteau, j'ouvre le livre pour l'examiner. La copie de madame Languedoc est bourrée de collants colorés. Il doit y en avoir deux ou trois à toutes les pages, en plus des annotations manuscrites dans les marges et des phrases soulignées au marqueur. Au moins, le roman n'est pas trop gros. Parce qu'il n'y a rien qui ne m'attire moins que de lire sur une époque révolue où il n'y avait ni eau courante, ni électricité, ni toilettes, ni douche, ni internet… C'est tout un exploit que l'humanité ait réussi à survivre jusqu'à aujourd'hui !

Les histoires apocalyptiques, ça fait d'excellents jeux vidéo. Mais si on en venait à ça, je serais sûrement parmi les premières à y passer. J'ai eu beau grandir en dehors de la grande ville, je ne suis pas une fille des bois pour autant. Genre zéro. Tant que j'ai un téléphone intelligent relié à internet et la possibilité de me *googler* une solution, je suis OK. Sinon…

– Sarah-Jade, regarde qui s'en vient, dit une fille.

Je lève la tête. Ils sont tous là. Les quatre membres de la bande. William, qui est encore en train de refaire sa toque, Zach, la fille aux cheveux frisés qui était assise avec eux ce midi et Sarah-Jade. Inutile d'essayer de l'éviter. Elle m'a vue.

L'occasion de lui parler se présente beaucoup plus vite que prévu. C'est bien. On va pouvoir dissiper les malentendus et repartir à neuf. Je n'ai pas envie de commencer l'année avec cette fille comme ennemie.

– Salut, Sarah-Jade.

– Elle s'adresse vraiment à moi ? qu'elle dit à sa copine aux cheveux bouclés.

Celle-ci ne peut s'empêcher de rire. William donne une tape sur le bras de Zach, qui persiste à me déshabiller du regard. Ce qui n'est vraiment pas agréable. Est-ce qu'il pense avoir une vision en rayons X ?

Sarah-Jade me fixe, comme si je venais de lui proposer une diète de smoothies aux brocolis. Puis elle dit :

– J'hallucine pas, No. Genre qu'elle est vraiment là !

Elle me regarde avec des couteaux dans les yeux :

– Qu'est-ce que tu veux, *Laurianne* ?

Mon nom a été craché de sa bouche comme s'il était sale.

– Ben… je sais pas. J'ai l'impression qu'on est parties sur une mauvaise note, toutes les deux. Je veux juste te dire que t'as pas à avoir peur de moi.

– T'as raison, ma belle. J'ai pas peur de toi.

OK…

– Ton chum ne m'intéresse pas, que je dis en regardant Zach pour qu'il comprenne bien le message. T'as l'air *cool*, Zach, mais… t'es pas mon genre.

C'est assez clair, je crois. Elle devrait comprendre que je ne suis pas une menace pour son couple. Ça devrait être suffisant, que je me dis. Alors pourquoi est-ce que les filles s'étouffent et que William se met à rire ?

– Ce. N'est. Pas. Mon. Chum ! dit sévèrement Sarah-Jade.

– Pour vrai ? Oups. Vous êtes certains, parce que…

Super. Elle a pris ça comme une insulte. Maintenant, elle me déteste. Je devrais donner des conférences. Ça pourrait s'appeler « L'art de se mettre les pieds dans les plats en une étape facile ».

– Zach, je te prierais quand même d'arrêter de me détailler comme une pièce de viande.

– Quoi ? Je fais rien de mal, Laurie, dit-il en faisant un pas vers moi. Si tu voulais pas que je te regarde, fallait pas jouer à l'agace avec ton air mystérieux, ajoute-t-il.

Un frisson me parcourt le corps lorsqu'il tend la main pour me flatter le bras. D'un coup sec, je le repousse.

– T'es dégueulasse. Contrôle-toi.

Des couteaux dans les yeux, Noémie ferme la porte de sa case d'un coup sec et part en claquant ses talons à chaque pas.

Ça ne va absolument pas comme prévu. Moi qui pensais qu'on allait enterrer la hache de guerre. On peut oublier ça.

Sarah-Jade s'avance vers moi. Elle lève un doigt en ma direction et va pour ouvrir la bouche, mais une voix l'interrompt avant qu'elle n'ait prononcé un seul mot.

– Ah ! Laurianne, t'es là ! On te cherchait partout, lance Elliot.

– Ah oui ?

– Ah oui. Tu viens ? Désolé, Sarah-Jade, mais on a mieux à faire. Tu comprends ça ? OK, super. *Ciao !* dit Elliot d'une traite en m'entraînant par le bras.

– Qu'est-ce tu fais ? que je lui demande en marchant à ses côtés.

– Je te sauve d'une vie de misère. Fais-moi confiance.

– J'aurais très bien pu me débrouiller toute seule, tu sauras.

– T'as déjà entendu parler de la crise des missiles de Cuba ?

– Ouais...

– Ben eux, ils ont réussi à éviter une guerre atomique.

– C'était si pire ?

– T'as même pas idée !

Charlotte et une autre fille nous attendent à ma case.

– Tu connais déjà Charlotte, dit Elliot. Et elle, c'est Margot.

– Salut, disent-elles.

– Allo. Vous saviez où était ma case ? que je leur demande.

– Euh... non, répond Margot d'une petite voix. C'est que... dit-elle en pointant la case à côté de la mienne. Mes choses sont ici.

– Ben oui. Excuse-moi, Margot. Je suis un peu sur les nerfs.

Margot et moi ouvrons nos cases. J'y laisse les manuels, mais glisse le roman de madame Languedoc dans mon sac à dos. En refermant la porte de ma case, je remarque que l'intérieur de celle de Margot comporte un miroir (note à moi-même : amener mon miroir pour la mienne dès que je l'aurai retrouvé dans le barda) et est décorée d'une multitude de dessins réalisés à la main. Il y a des mangas, des bêtes fantastiques, et même un dessin de Charlotte, Elliot et Margot en superhéros. Elliot a les traits de Reed Richards, mieux connu sous le nom de Monsieur Fantastique, Charlotte et sa mèche sont déguisées en Rogue, des X-Men, et Margot est dessinée en Miss Marvel.

– Wow !

– Tu les aimes ?

– C'est… c'est… dis-je en cherchant mes mots. C'est vraiment *cool* ! Est-ce que c'est toi qui les as dessinés ?

Margot répond d'un léger hochement de tête un peu gêné qui contraste avec son portrait en superhéroïne.

– Tu as vraiment du talent, que je lui dis, impressionnée.

– Merci… dit-elle en rougissant. Euh… J'aime bien ton chandail. C'est dommage que Matt Smith ne soit plus le Docteur.

– Il était vraiment trop *cute* ! S'il m'avait dit : « Allons-y », j'aurais dit oui tout de suite ! dit Charlotte, ce qui nous fait tous rire.

Wow ! J'envisage deux possibilités :

A) j'ai reçu un coup sur la tête, je suis dans le coma à l'hôpital et je suis en train de rêver tout ce qui m'arrive ;

B) j'ai rencontré des Whovians, des vrais de vrais !

Statistiquement, il y a plus de chance que je sois dans le coma.

Ça, ça rachète (presque) la journée.

À part mon père, personne dans mon entourage n'est *fan* du Docteur. « Pourquoi est-ce qu'il voyage dans une cabine téléphonique bleue ? » me demandaient mes amis, Sam y compris, quand je les forçais à regarder un épisode.

– Dites, vous savez pourquoi Sarah-Jade est aussi bête avec moi ?

– C'est pas juste avec toi, dit Margot.

– Elle est comme ça avec tout le monde, ajoute Charlotte.

– J'ai mes doutes, dit Elliot.

Je leur raconte ma tentative ratée de faire la paix avec elle, que son chum ne m'intéresse pas, mais que surtout je trouve son comportement insultant.

– Qui ça, William ? demande Charlotte.

– Non, Zach.

– Ohhh ! font-ils avant de s'esclaffer.

– Quoi ?

– Ça explique son air de bœuf, dit Elliot.

Quand est-ce que quelqu'un va enfin m'expliquer ce qui se passe ? Quelle est l'information cruciale qui me manque ? C'est finalement Charlotte qui rassemble les pièces du casse-tête :

– C'est pas avec Zach que Sarah-Jade sort. Elle est avec la toque ambulante, le beau William. Mais elle cherche à *matcher* Zach avec Noémie.

– C'est qui, Noémie ?

– La fille frisée qui était avec eux, dit Elliot.

– Ahhhh...

Ça explique le ricanement des gars. Et la face de Noémie quand je disais à Zach de contrôler ses hormones. Elle lui court après. Je commence à réaliser que je me suis mis le bras dans la bouche jusqu'au coude. Je dirais même plus : jusqu'à l'épaule !

Un gars passe derrière moi et m'accroche au passage avec son sac. Il s'excuse aussitôt. Margot échappe un rire nerveux, mais se reprend aussitôt.

– Noémie, c'est la groupie de Sarah-Jade. C'est elle qui a un *kick* sur Zach. Sarah-Jade essaie de manipuler Zach, mais ça n'a pas l'air de fonctionner, parce que tout le monde l'aurait su, dit Elliot.

– C'est vrai qu'elle est meilleure entremetteuse d'habitude, dit Charlotte. Ce que Sarah-Jade veut...

– ... Dieu le veut ! répondent les deux autres en chœur.

– Mais la dernière fois qu'elle a *matché* Zach, précise Elliot, ça a été un véritable fiasco.

– Vrai, dit Charlotte. Bref, Sarah-Jade, c'est un peu la petite reine de l'école. Mais va surtout pas lui dire que j'ai dit ça, ajoute-t-elle rapidement.

Formidable ! Je suis la *noob* qui vient de s'obstiner avec l'admin du réseau.

– C'était quoi, tes doutes ? que je demande à Elliot.

– Hein ? fait Elliot.

– Tantôt, tu disais avoir des doutes sur les raisons pour lesquelles Sarah-Jade m'aimerait pas. Est-ce que ce sont les mêmes ? Dis-moi que ce sont les mêmes, parce que sinon, je sais pas ce que je vais faire.

– Oui, j'en ai ! Mais non, ce ne sont pas les mêmes. Je pensais plus au cours d'éduc de tantôt. Je pense qu'elle a pris ta course comme une menace.

Elliot m'explique que Sarah-Jade espère se faire recruter par l'équipe provinciale d'athlétisme. Depuis quelques années, elle performe bien et n'a jamais vraiment eu d'adversaire à sa taille. Je suis probablement venue semer l'incertitude sur son repêchage potentiel.

. – Fait que je devrais courir moins vite pour lui faire plaisir ? Mais je m'en fous, moi, de son repêchage !

– Va lui dire à elle ! dit Charlotte.

Je suis tellement faite !

Chapitre 1-8

Déménager, c'est l'enfer.

Je hais les déménagements.

Comment se fait-il qu'après avoir passé tant d'heures à trier, classer et ranger nos choses dans des boîtes, il en faille encore plus pour les déballer et leur trouver un nouvel emplacement ? Ça n'a aucun sens !

Voilà une semaine que nous avons emménagé dans notre nouvel appartement, et la quantité de boîtes qui reste à défaire est faramineuse, pharao-nique, titanesque, vraiment... déprimante.

On s'était mis d'accord pour déballer le plus urgent pendant la fin de semaine et terminer au cours des jours suivants. Mais – car bien entendu, il y a un mais – papa a eu un dossier urgent à régler pour le bureau, tandis qu'il me fallait me taper la dizaine de devoirs que les profs m'ont remis au cours de la semaine. En plus du roman de madame Languedoc à lire (sur lequel je me suis endormie au moins trois fois).

Lire un roman annoté par un prof, c'est beau-coup moins facile qu'on ne le croit. Quand madame Languedoc m'a prêté sa copie, je me suis dit que je n'aurais qu'à copier ses notes pour avoir les réponses, mais il y en a tellement, de notes, que je ne sais plus si ce sont des réponses ou non. Ma lecture est constamment interrompue par un mot, un autocollant, une référence. Même si ce n'est qu'une plaquette, je crois qu'il m'a fallu trois fois plus de temps pour passer au travers. Et je ne suis pas certaine d'avoir bien saisi l'histoire, même si j'ai consulté Wikipédia. Je vais devoir faire un blitz pour tout relire. Peut-être même regarder le film...

Bref, le déballage de boîtes a été quasi nul. Je suis même surprise qu'on n'ait pas reculé ! Ça aurait tellement été notre genre.

J'exagère (à peine).

La cuisine a été la première pièce fonctionnelle de la maison (je dois arrêter de dire « maison », c'est pas une maison, c'est un appart). Il ne reste plus que les boîtes non urgentes avec les ustensiles et les plats des grandes occasions. Total : six boîtes.

Dans le salon, on a ouvert toutes les boîtes qui contenaient des Blu-ray. L'erreur ! Il aurait fallu se les garder pour la fin.

Papa a voulu « tester » les branchements du cinéma-maison pour s'assurer que tout fonctionnait rondement. Il a glissé dans le lecteur le disque des *Gardiens de la galaxie* – qui est, objectivement parlant, l'un des meilleurs films de l'histoire du cinéma ! – et s'est mis à zapper entre les chapitres. Argh ! Comment résister à Rocket ? Les « ajustements » n'ont pris que quelques minutes. Pendant qu'il orientait un des haut-parleurs, j'ai saisi la manette et j'ai avancé le film jusqu'à la scène où Rocket présente son plan pour s'évader de la prison.

– Remets-le donc au début, une seconde...

La seconde... « As-tu faim ? » ... est devenue une demi-heure ... « OK, mais après, faut qu'on continue, parce que j'ai plein de devoirs. » ... et s'est terminée ... « Faudrait que j'aille lire mon livre » ... sur la danse de Groot.

Procrastination : 1 – Boîtes à défaire : 0.

Doh !

Alors, ce matin, Yan, le meilleur ami de mon père, est là pour nous aider.

On peut généralement classer les gens en deux grandes catégories :

A) les manuels;

B) ceux qui se débrouillent.

Yan fait partie des manuels. Si on en venait à devoir sauver le monde à coups de marteau, c'est Yan qu'on appellerait en premier. Il est capable de bûcher une forêt, de scier ses propres planches et de se construire une maison avec un rouleau de *duct tape*. Ceux qui se débrouillent, mais ne sont pas vraiment manuels, comme Sam, par exemple, arrivent à leurs fins. C'est long, mais ça fait la job.

Puis, il y a mon père, qui est une classe à part à lui tout seul. Si on lui met un marteau dans les mains, il se cognera le pouce avant même d'avoir pris un clou. Il est plein de bonne volonté, mais ça fait partie du problème, parce que sa compétence est inversement proportionnelle à la catastrophe annoncée.

C'est pour ça que Yan est venu nous donner un coup de main. Problème de plomberie ? 1-800-YAN-EST-LÀ. Porte à ajuster ? 1-800-YAN-EST-LÀ. Meuble IKEA à assembler ? 1-800-YAN-EST-LÀ. Chez nous, les *jobs* de bras, c'est lui qui s'en occupe. Une chance !

Depuis sept heures ce matin, on est dans la peinture. Sous la supervision de notre contremaître, ça avance bien. Mon père déplace les meubles et s'assure que le drap qui protège le plancher est bien placé, je m'occupe de la découpe au pinceau et Yan couvre le mur de peinture avec son rouleau. De vrais professionnels !

– Tu vas trop vite, que je lui dis, j'ai pas fini mon mur.

– Tasse-toi un peu, Laurie. Je vais t'aider, me dit mon père.

– T'es certain que tu veux faire ça, mon Ben ? dit Yan en le fixant. Souviens-toi de la cuisine.

– Arrête de capoter. C'était juste deux trois petites gouttes.

Yan et moi nous étouffons.

– Pardon ?

– OK, une petite flaque, d'abord. Inquiétez-vous pas, je vais faire extra attention.

Et il fait vraiment attention. Il s'applique, et ensemble, nous parvenons à finir la découpe du coin du mur avant que Yan ne passe avec son rouleau.

Le moment venu d'admirer notre œuvre, ça se gâte. Papa s'empêtre les pieds dans le drap sur le plancher, s'enfarge, met le pied dans le bac de peinture et échappe son pinceau, qui me tombe sur le nez.

– Eille !

– Heu… tu as un petit peu de… me dit mon père en se pointant le nez. Juste un petit peu… juste ici…

Je me lève, le visage bleu (littéralement), armée de mon pinceau dégoulinant de peinture.

– Laurie, la vengeance ne mène à rien, dit-il en riant. Et c'est un plat qui se mange froid. Froid, ça veut dire plus tard !

Je lui lance mon pinceau, mais il se baisse et c'est Yan qui le reçoit.

– Oups !

– Hé, mon t-shirt !

– Dommage collatéral. J'accuse papa ! que je dis en le pointant du doigt.

– Je te donne raison sur toute la ligne, répond-il en envoyant un coup de rouleau sur le visage de mon père.

– OK, OK, je me rends ! dit-il les mains en l'air. Je suis vaincu. Ark ! C'est dégueulasse… J'en ai dans la bouche !

Mon père s'essuie la langue sur son t-shirt avant de poursuivre :

– Je sais pas pour vous, mais j'ai comme une petite faim, moi.

– Pendant que tu vas aller chercher le lunch, Laurie et moi, on s'occupe de ramasser, dit Yan. J'ai pas envie de revenir du casse-croûte et de trouver la place encore plus à l'envers parce que tu as échappé la *pan* en voulant la transvider.

– Excellente idée ! répondons-nous, papa et moi.

En deux temps trois mouvements, nous nettoyons les pinceaux, jetons les vieux rouleaux, refermons les gallons de peinture dont nous n'aurons plus besoin et replaçons les meubles dans les pièces terminées. Pendant que Yan installe un grand ventilateur dans le salon pour faire circuler l'air, je vais replacer les choses dans ma chambre.

On a vraiment fait du bon boulot. En un avant-midi, on a pu peindre la cuisine (couleur crème), ma chambre (trois murs verts, une couleur très reposante, et un crème, le même que pour la cuisine), et le salon (bleu foncé). Pas mal du tout !

Dans ma chambre, il ne me reste plus qu'à m'occuper de la décoration.

Je dépose un carton contenant mon clavier, une manette et quelques jeux sur mon bureau pour dégager le plancher et saisir le tube où sont enroulés mes *posters.* Ma vieille chambre était tellement encombrée d'affiches qu'on ne s'était pas donné la peine de la repeindre depuis mes huit ans. Ça a été une surprise de voir le drôle de rose défraîchi qui se cachait derrière tout ça !

En vidant le tube, je sais que j'aurai à faire des choix déchirants. Il y avait beaucoup trop d'affiches. Plusieurs ont fait leur temps.

Bon. Si mes tablettes vont ici, près de mon bureau, ça me laissera de la place pour mon tableau pério-dique, un indispensable. Au milieu de la pile de *posters* de superhéros et d'émissions de geeks, je trouve une affiche d'Edward et Bella, aussi inexpressifs et livi-des l'un que l'autre. Je la replie en quatre et la fourre dans un coin avant que Yan ne l'aperçoive. J'étais toute petite, je ne connaissais rien d'autre. J'ai changé !

Yan : Qu'est-ce que tu jettes ?

Je sursaute.

Moi : Rien. Il était tout déchiré. C'est pas impor-tant. C'est poche, mon Wolverine est tout décoloré par le soleil. Avec son teint bleu, ça lui donne un air de zombie *cheap.*

Yan : C'est drôle, je pensais que t'étais plus une fille à Flash.

Moi : Heu... comme totalement ! Ça fait change-ment d'avoir un nerd comme superhéros au lieu du gars stéréotypé à l'assurance infinie et aux gros bras d'acier.

Yan : Genre Logan.

Moi : C'est pas pareil...

Yan : Tu vas me dire que son *six pack* te laisse indif-férente, j'imagine ?

Moi : Hein ? Pfff... Non !

Wow. Beaux arguments. Vraiment, il y a des jours où je m'impressionne. Une chance que je n'envisage pas de devenir avocate.

Moi : C'est parce que c'est un rebelle.

Tentative désespérée de sauver la face.

Yan : Ouais ouais !

Quand ils étaient plus jeunes, Yan et mon père étaient de vrais fanatiques de *comics*. Des nerds à lunettes qui tripaient science-fiction, *fantasy*, *Donjons et Dragons* et *tutti quanti* !

Petite, je suis tombée dans les caisses de BD de mon père comme Obélix dans la potion magique. Il me lisait des *Wonder Woman*, du Stan Lee ou du Frank Miller (en cachant adroitement de ses mains certaines cases), au grand désespoir de ma mère.

Yan m'explique que depuis quelques années, il a un peu arrêté de suivre les *comics*. Quand il était au secondaire, la mort de Superman aux mains de Doom avait été un trop grand coup à encaisser. Puis, avec les études et le travail, ça devenait de plus en plus difficile de rester à jour.

Moi : As-tu une clé USB ?

Yan : Je pense que j'en ai une qui traîne dans la voiture, pourquoi ?

Moi : Je pourrais te transférer quelques gigs de BD. Tu pourras les lire sur ta tablette et rattraper le temps perdu.

Sur les entrefaites, papa revient avec le dîner.

– Ta fille est pleine de ressources ! s'étonne Yan. Comment se fait-il que tous les garçons de l'école ne soient pas à ses pieds ?

C'est bien Yan, ça ! Même avec ses commentaires de mononcle, il arrivera toujours à me faire rougir. Avec le temps, j'ai appris à lui répondre du tac au tac, en lui sortant la première idée qui me passe par la tête, aussi débile soit-elle.

– De un, parce que ça ne fait qu'une semaine que je suis à cette école. Et de deux, parce que je n'ai pas de département de marketing pour faire ma promotion.

– C'est une grave erreur, si tu me demandes mon avis. Embauche-moi comme agent, je te promets de corriger la situation. Tu vas voir, mon Ben, ça sera pas long qu'on va la *matcher*, ta fille parfaite.

– Je suis loin d'être parfaite.

– Je vais dire comme elle, dit mon père en riant.

– Eille ! Pas *cool* !

Mais je ne peux m'empêcher de rire, moi aussi, même si on se paye ma gueule.

– Ha, ma petite Laurianne, dit Yan en me prenant par les épaules. Si j'avais un garçon de ton âge, ton père et moi, on vous arrangerait un mariage. On pourrait réunir nos familles et unir le Nord !

– À moins que tu comptes adopter Kit Harrington, tu peux oublier ça.

Les hot dogs, frites, rondelles d'oignon et boissons gazeuses bien froides viennent nous bourrer la panse pendant que la peinture finit de sécher. Entre

101

deux rondelles, Yan et mon père me bombardent de questions à propos de ma nouvelle école : comment sont mes profs ? (Bien.) Est-ce que je m'y plais ? (Oui.) Est-ce que je vais m'impliquer dans un comité ? (Je sais pas.) Est-ce qu'il y a des beaux garçons dans ma classe ? (Hein ?) C'est qui mon *kick* ? (...) Et Yan qui reprend sa routine et qui insiste pour me mettre mal à l'aise : « Allez, tu peux me le dire ! Je ne le répéterai pas à ton père, promis ! »

– De un, j'ai pas vraiment envie d'avoir un *kick*, en ce moment. Ma vie est assez compliquée comme ça sans avoir à y rajouter un gars qui va vouloir me coller, qui va être jaloux de Sam, ou pire, qui va se plaindre que je passe trop de temps à jouer à mon ordi ou à ma PS4. De deux, c'est pas parce qu'un gars est *cute* qu'il est nécessairement intéressant. Regarde-toi, c'est qui ta blonde en ce moment ? Catherine ? Marie-Hélène ? Geneviève ? Pourtant, t'as une belle personnalité, que je lui dis en pointant sa bedaine de trentenaire.

– Oh, *cheap shot* ! fait-il en feignant d'être offusqué. Tu sauras que Catherine pouvait pas être ici aujourd'hui parce qu'elle devait passer du temps avec son mari.

– T'as pas à te presser de te faire un chum, Laurie, dit mon père.

– Je sais.

– Je sais que tu le sais. Je ne fais qu'énoncer une évidence pour Yan ici présent qui croit le contraire.

– La vie est trop courte ! rétorque Yan.

Après un concours de rots générés par l'ingestion massive de hot dogs et catalysés par l'absorption de gaz carbonique, on se remet au boulot. Les hommes proposent d'aller s'attaquer à la chambre de papa pendant que je m'occupe de la salle de bain.

– Ça ne vous tente pas de vous occuper de mon support à écran, avant? Je vais avoir fini avant vous, et comme ça, je pourrai commencer à replacer ma chambre.

– Bonne idée! dit mon père. Yan, fais-moi les marques pis je vais m'occuper de visser ça.

Yan et moi nous regardons, inquiets.

– T'es sûr que c'est une bonne idée, papa?

– C'est juste un support mural. C'est pas sorcier. De toute façon, s'il y a un problème, Yan est dans l'autre pièce. Faites-moi donc confiance, pour une fois!

Difficile de dire non à son papa chéri d'amour qui souhaite vraiment aider et te fait des yeux piteux. Je cède. Sans dire un mot, Yan lève les mains en l'air, refusant toute responsabilité quant à la tragédie à venir. Il sort de son coffre tous les outils nécessaires, perceuse, mèches, papillons, vis, saisit son niveau au laser et trace des marques sur le mur. Puis, il explique la procédure deux fois à mon père en lui faisant répéter pour être certain qu'il a bien compris. Nerveuse, je les observe depuis le cadre de porte.

Avant de lui remettre la perceuse, Yan insiste une dernière fois :

– T'es certain que tu veux pas que je m'en occupe ? J'en ai pour dix minutes.

– Ben non. Pendant ce temps-là, tu vas pouvoir avancer dans la chambre sans m'avoir dans tes pattes. Avoue que c'est gagnant-gagnant.

– Ouain.

– Juste ouain ?

– Je préfère attendre que la *job* soit finie avant de me prononcer.

– Homme de peu de foi ! l'accuse mon père en prenant la perceuse de ses mains.

Nous retournons chacun dans notre pièce pour travailler. Malgré moi, je tends l'oreille, trop déconcentrée par la tâche monumentale que doit accomplir mon père. Je n'arrive pas à donner un seul coup de pinceau. En apparence, ça a l'air simple. Mais c'est l'Everest pour cet homme qui est moins bricoleur qu'un panda roux. C'est pire que les douze travaux d'Astérix ! Planté devant son mur, son pinceau dans la main, Yan doit être immobile lui aussi. Il doit attendre un appel à l'aide, voire un cri.

J'entends la perceuse qui perce, le tournevis qui visse, et mon père qui sifflote. Papa nous appelle ensuite pour nous montrer son œuvre.

Incroyable ! Il a réussi.

Mon père se tient fièrement devant le support à écran double fixé au mur. Avec ça, je vais enfin avoir une station de jeux digne de ce nom.

– Han ? Han ? Qu'est-ce que vous en dites ? Pas mal, non ?

Effectivement, c'est du beau travail. Je n'en crois pas mes yeux.

– Ouain, on rit plus, dit Yan.

– Qui es-tu et qu'as-tu fait de mon père ?

– Très drôle. Comme je le disais tantôt, il n'y avait rien de sorcier.

Pour prouver sa compétence nouvellement acquise, il prend un de mes moniteurs, le clipse au support et resserre les vis pour le tenir en place.

Nous faisons tous un pas en arrière pour admirer son travail.

Trop *cool* ! Je peux déjà me voir en train de jouer à la *Ligue* avec cette nouvelle configuration…

Soudain, on entend un grand CRAC. Trois des quatre vis au mur ne tiennent pas le coup. L'écran se fracasse sur le bureau et renverse la boîte dans laquelle se trouve mon clavier. Je crie :

– Aaaaaaaaaaaaaaaaahhhhh !!!

– Oups, dit mon père.

Je le savais. Que je le savais donc ! Le support et le moniteur balancent sur leur pivot. Mais pourquoi est-ce que j'ai accepté ? La dernière vis glisse hors de son trou… L'armature métallique tombe directement sur le clavier, envoyant les touches valser dans les airs.

Je suis donc ben nounoune.

Chapitre 1-9

Dans le mur frais peint de ma nouvelle chambre, il y a deux trous gros comme ma main. Des morceaux de plâtre s'étalent partout sur le bureau, le plancher, mon lit... Par terre, les dégâts : un moniteur détruit et un clavier en pièces détachées.

– Je viens de comprendre ce qui est arrivé, déclare Yan.

Les papillons servant à renforcer le support mural se trouvent sur le sol, juste à côté de la perceuse.

– Oups... redit papa, penaud.

Je retire mon clavier de la boîte. Ça fait mal à voir. J'en ai le souffle coupé. Tout au fond, ma manette PS4 est en miettes. L'impact a fendu le plastique. Il n'en reste que des morceaux. Pourquoi l'armature n'est-elle pas plutôt tombée sur moi ? J'ai envie de brailler.

– Super... Merci papa, que je dis platement.

– Je suis désolé, Laurie. J'étais certain d'avoir suivi toutes les indications à la lettre. Ça allait tellement bien. Je ne peux pas croire que de si petites pièces soient si importantes !

Heureusement, tous les jeux étaient dans leur boîtier et aucun n'a été endommagé. Mon clavier, lui, est une perte totale. Et même si j'arrivais à replacer les touches, les circuits sont pleins de poussière de plâtre.

Sans trop d'espoir, j'allume mon ordi. Comme prévu, mon clavier répond absent.

Heure du décès : 12 h 54. Il a eu une bonne vie. On s'est bien amusés, lui et moi.

– Yan et moi, on va réparer ton mur... Heu, Yan va réparer ton mur, corrige-t-il aussitôt, et moi, je vais ramasser. En attendant, regarde sur ton téléphone ce qu'il te faut et on ira l'acheter demain matin. OK ?

Ça me fait un pincement au cœur de devoir mettre tout ça à la poubelle. Le clavier avait quelques années, mais était encore parfaitement fonctionnel. J'avoue que je vais profiter de l'occasion pour me procurer un modèle un peu plus haut de gamme, sûrement un sans-fil rétroéclairé, pareil à celui de Lisbeth Salander, mon personnage de *hacker* préféré. Depuis que j'ai lu *Millennium*, je rêve d'en avoir un. Ce serait juste trop *cool* ! Papa a toujours refusé puisque feu mon clavier fonctionnait encore à merveille. Aujourd'hui, c'est ma chance !

Alors que je cherche sur internet, je les entends discuter :

– *Man*, comment t'as fait ça ?

– J'étais certain d'avoir tout fait comme tu me l'avais dit.

– Ayayaye.

– C'est si pire que ça ?

– On regarde-tu le même trou ? Je peux passer ma main dans le mur ! Mais c'est juste le plâtre qui a lâché, fait que c'est pas trop grave. On va *repatcher*

ça et ça paraîtra pas. Je reviendrai demain pour fina-
liser le sablage. Lauriane pourra redonner un petit
coup de peinture après ça. Il ne devrait pas y avoir
de traces.

Ma recherche de matériel informatique me suggère divers liens, dont la pub d'un magasin de jeux
vidéo se trouvant à proximité.

– Papa, il y a un magasin à deux coins de rues d'ici.
Je pourrais y aller tout de suite ?

– Prends ma carte de débit dans mon portefeuille.
Nous, on s'occupe de ta chambre.

La Grotte est située à moins de cinq cents mètres.
Je ne peux pas croire que papa ne le savait pas quand
il a choisi cet appartement ! Ça aurait dû être un de ses
premiers arguments pour me convaincre. (Quoique
me connaissant, j'aurais quand même dit non.)

Je pousse la porte et un carillon tinte. Le magasin
est vide. Il n'y a ni clients ni employés. Personne de
caché derrière le comptoir. Peut-être sont-ils sortis
se chercher un lunch ? Ils auraient verrouillé la porte,
non ? Ou peut-être suis-je tombée sur un *hold-up* et
que le proprio est dans l'arrière-boutique, pieds et
mains liés ? Nan. Ils sont définitivement allés s'acheter quelque chose à manger.

En attendant le retour des employés, je parcours
les rangées. Il y a une section de jeux bien garnie, une
autre avec les consoles les plus récentes ainsi qu'une
dizaine de consoles *vintage* et un étalage de revues
spécialisées. Derrière le comptoir-caisse, les petites

pièces (souvent les plus chères) sont toutes accrochées au mur. Il y a une grosse machine à espresso aux pièces chromées et décorée d'engrenages et de cadrans, mais dont les leviers sont faits de bois. Dans un coin de la boutique, il y a aussi une petite section de BD et de *comics.*

Tout ici est trop génial ! Cette boutique est un paradis pour les gamers ! Tous les jeux essentiels sont sur les tablettes, même quelques jeux rétro pour les nostalgiques. Un vrai repaire de geeks !

Devant le comptoir, j'aperçois une affichette : *Si vous avez besoin d'aide, surtout, n'appuyez pas sur le bouton.* À côté de l'affichette, il y a un gros bouton rouge prêt à être enfoncé.

C'est un piège. Astucieux. Si j'ai besoin d'aide, je dois appuyer sur le bouton pour appeler le commis. Mais l'action est interdite. Si j'appuie, je viole la règle. Bien sûr, en l'absence du commis, les clients doivent avoir le goût de découvrir ce qui arrivera. C'est un test éthique pour évaluer la propension des gens à respecter les règles.

L'affichette laisse croire qu'il n'existe que deux solutions : A) j'ai besoin d'aide, mais je respecte la règle, donc je n'appuie pas, mais je n'obtiens pas d'aide ; ou B) j'ai besoin d'aide, j'appuie sur le bouton au détriment de la règle. La solution est ailleurs, comme le commis.

À l'arrière du magasin, j'aperçois une porte vitrée qui donne sur une salle remplie de postes d'ordis configurés pour jouer en réseau. Un homme est installé à un des ordis. Il a un casque d'écoute autour du cou. Visiblement, il est en train de jouer.

J'ouvre la porte.

– Excusez-moi…

– Je peux vous aider ? me répond-il en me regardant un quart de seconde et en reportant son attention sur son moniteur.

– Oui, heu, j'ai besoin d'une nouvelle manette et d'un clavier sans-fil.

– J'en ai un très bon modèle en stock. Pour quelle console, la manette ?

– PS4.

– Donnez-moi deux minutes, mademoiselle, le temps que j'explose ces *noobs* ici présents.

– Celui qui le dit, celui qui l'est ! rétorque quelqu'un de l'autre côté du moniteur. Tiens, prends ça !

– Oh ! On sort les gros canons. Tu as lamentablement raté, mon cher Elliot. Là, arrête de courir comme une poule pas de tête, j'arrive pas à te tirer.

Elliot ?

– C'est le but ! ricane ce dernier.

Tiens, je n'avais même pas remarqué Margot, qui est assise à gauche de l'homme. Et en face d'eux, il y a Charlotte et Elliot, qui forment probablement l'équipe adverse. Quel hasard de les trouver ici !

Un cellulaire sonne. Le commis saisit le sien et regarde l'écran avant d'annoncer :

– Une seconde, tout le monde. Faut que je le prenne.

Mais Elliot continue de cliquer pour tirer.

– À la guerre, il n'y a pas de pause !

– Hey, sale traître !

L'homme appuie sur trois touches et force l'arrêt temporaire de la partie, empêchant Elliot de le canarder.

– Hé ! Salut, Laurianne, dit celui-ci avant d'éternuer. Scusez...

– Laurie ? fait une voix de fille.

Charlotte et Margot lèvent la tête de leur écran.

– Allo ! me dit Charlotte, tout heureuse. Qu'est-ce que tu fais ici ?

– Salut, fait Margot un peu en retard.

– J'habite à deux pas.

J'entreprends de leur résumer ce qui est arrivé dans ma chambre. En apprenant que mon clavier et ma manette ont été réduits en bouillie par mon moniteur qui, lui aussi, est bon pour le recyclage, ils souffrent tout autant que moi.

– Pas *cool* !

– Connaissais-tu Guillaume ? me demande Charlotte.

– Le commis ? Il a pas peur que son patron le prenne à jouer pendant son quart de travail ?

Tout le monde rit.

– Pas trop, non. C'est lui, le patron, précise Elliot.

– C'est la première fois que tu viens ici ? demande Charlotte.

– Oui. Ça a l'air *nice*, que je dis en essayant de ne pas passer pour une hystérique.

– *Nice* ? fait Elliot. Juste *nice* ? C'est trop génial, tu veux dire !

En jasant, ils me révèlent être les piliers de La Grotte. Depuis l'ouverture il y a dix-huit mois, ils passent des heures à jouer ou à discuter avec Guillaume, qui leur permet même de flâner et d'y faire leurs devoirs. Par la porte vitrée, je le vois qui s'active derrière le comptoir et qui consulte son écran d'ordi, peut-être pour des nouveautés à venir.

– Il va en avoir pour un petit bout, me dit Margot. Veux-tu jouer ? Ça le dérangera pas si tu embarques à sa place. Ça arrive souvent.

– Pourquoi pas, dis-je en m'assoyant. C'est la *Ligue* ?

Elle me répond par un hochement de tête.

– Quel niveau ?

– Le puits.

– Je suis en équipe avec toi, Margot ?

– Oui, mais ça augure mal.

– À vrai dire, dit Charlotte, vous êtes en train de vous faire laver !

– *Oh yeah ! Oh yeah !* chantonne Elliot.

Charlotte et lui se donnent une tape dans la main, fiers de leur position.

Ma camarade m'indique où nous nous trouvons sur la carte.

Dans ce niveau, on doit simplement éliminer l'équipe adverse. Une mission plutôt simple.

– As-tu besoin d'une minute pour te familiariser avec la carte ?

Ce niveau, je le connais par cœur. Sam et moi, on a passé des heures et des heures à l'écumer l'été dernier. Je crois que j'ai exploré chacun des pixels qui le composent et je pense bien avoir un avantage sur nos adversaires.

– Non. On peut y aller, que je réponds en désactivant la pause. Je connais la sortie.

– Quelle sortie ? demande-t-elle.

– Hein ? Comment ça, une sortie ? fait Elliot.

– Suis-moi !

Les jeux ont toujours des glitchs, des erreurs de programmation, qui peuvent être drôles (comme cette balançoire de parc qui catapultait des voitures) ou carrément effrayants (j'ai toujours un peu la nausée quand je repense à ce gentilhomme français au visage écorché, même pas écorché, en fait, il n'avait plus que deux yeux flottant là où devait se trouver son visage). C'est assez normal de trouver des erreurs. Il y a des centaines de milliers de lignes de code pour définir les paysages, les décors, les personnages, la manière dont ils vont réagir avec les joueurs, etc. Chacune de ces lignes doit être compatible avec les autres. Pas étonnant que les studios prennent des années à faire un seul jeu ! Les programmeurs et les développeurs s'amusent aussi à intégrer des bonus cachés, des codes secrets, des *easter eggs.* Plein de petites choses à découvrir pour ceux qui en ont la patience. Parce que rien de tout cela n'a été dévoilé au grand public, bien sûr !

Il y a beaucoup d'action dans ce niveau, et on passe certains recoins assez rapidement. Il ne faut que s'arrêter et regarder au bon endroit. La plupart de joueurs ne connaissent pas ce tour. En tout cas, Sam ne le connaît pas, parce que j'arrive encore à l'attraper chaque fois qu'on joue en duel ici. C'est vraiment trop drôle.

L'avatar de Margot suit le mien. Je vois aussi Charlotte et Elliot, qui sont sortis de leur position pour nous attaquer – ce qui est exactement ce que j'espérais. On se dirige à l'arrière d'un motel. Il y a une ruelle délimitée par des bâtiments à gauche et à droite et une grille infranchissable au bout. C'est un cul-de-sac... en apparence. On doit avoir tout au plus une minute pour nous échapper, sinon nos ennemis vont nous descendre comme des chiens.

Je creuse le sol au pied d'un des poteaux de la clôture et dévoile la clenche qui était cachée dans une couche de terre. Il y a un programmeur qui s'est codé une porte de sortie en cas de pépin. Voyant le cul-de-sac, il s'est dit qu'il allait se créer une sortie d'urgence. Il n'y a pas d'autre raison qui explique que la clenche soit dans le sol. Je la tourne, pousse la grille pour laisser passer Margot et la referme derrière moi. Il doit y avoir des dizaines d'*easter eggs* comme celui-ci à trouver dans la *Ligue*.

L'autre côté de la ruelle est à l'abri des yeux indiscrets. Le passage ne contourne pas seulement le motel, il nous amène près des lignes ennemies. En décidant de nous suivre, nos adversaires ont abandonné une position avantageuse. Nous les aurions pris par surprise, mais c'est plus drôle ainsi. Ce sont eux qui sont maintenant pris au piège !

– Elles sont où ? demande Elliot.

– On a dû les rater.

– OK. On revient sur nos…

Dès qu'ils sont à découvert, nous ouvrons le feu et les éliminons.

Victoire !

– Comment vous avez fait ? demande Elliot. Je vous ai vues entrer. Et il n'y a pas vraiment de cachette. Est-ce qu'il y a une cachette ? Vous étiez dans la benne à vidanges, c'est ça ?

Margot me regarde et je comprends par son regard qu'elle me laisse la décision de dévoiler ou pas le secret de notre évasion.

– Vous n'allez pas le crier sur les toits ?

– Ça dépend si ça me permet de *scorer* avec les filles, dit Elliot, ce qui lui vaut une taloche de sa coéquipière.

– Bien sûr qu'il ne dira rien, dit Charlotte.

Je leur explique comment Sam et moi passions nos heures à éplucher chacun des niveaux pour y trouver des *easter eggs* ou des exploits.

– C'est qui, Sam ?

– Samuel. Mon *best*.

– Et t'es la seule à avoir trouvé ce passage ? demande Charlotte, cherchant à en savoir plus.

– Je suis allée sur plusieurs sites de gamers, mais je n'ai trouvé aucune référence. Alors à ma connaissance, on est quatre. Je ne l'ai pas encore dit à Sam.

– *Coooool !* fait Elliot.

– Comment a été ta première semaine ? me demande Margot.

– Pas si pire. C'est plus grand que mon ancienne école. Pis je ne me suis pas encore habituée à l'appart…

Je ne leur avoue pas qu'hier encore, je me suis endormie en pleurant, que le matin, au réveil, pendant quelques secondes, je rêve que je suis encore dans ma maison…

– L'école a l'air bien, que je poursuis. C'était le *fun*, la partie ! que je dis en me levant. Je pourrais m'habituer à descendre Elliot toutes les fois.

– Coup de chance ! T'auras pas de lapin dans ta manche tous les coups.

– … dans ton chapeau, le corrige Charlotte.

– C'est ce que j'ai dit.

Les trois ont une belle dynamique. Elliot s'avance pour dire quelque chose sur le ton de la confidence, mais se retient.

– Quoi ? fait Charlotte.

– Non, non, vous ne me croirez pas.

– Quoi ? insiste Margot. Vas-y, dis-le. Arrête de faire ton agace.

– Vous allez rire de moi.

– Ben non. On ne ferait jamais ça, les filles. Pas vrai ? que je dis en me rassoyant.

Il inspire profondément et prend un air sévère, comme si ce qu'il allait nous raconter était de la plus grande importance.

– J'ai. Croisé. Patrick. Lemieux.

– Quoi ! ? qu'on fait les trois ensemble.

– *No way !* Je ne te crois pas, dit Charlotte.

– Tu l'as croisé... comme dans la rue ?

– Non, mieux. Sur un serveur de la *Ligue*, il y a un mois.

– Pourquoi tu ne nous l'as pas dit ?

– Je vous le dis, là, se défend-il. De toute façon, vous ne m'auriez pas cru.

– T'as raison, c'est tellement de la *bullshit*, Elliot Morin.

– Tu vois ? Mais je te jure que c'est vrai ! C'était un jeudi soir, la veille d'une pédago. Il n'y a pas beaucoup de monde le jeudi, parce que c'est la semaine.

– Embraye ! éclate Charlotte.

– Qui est-ce qui raconte l'histoire, c'est toi ou c'est moi ? dit-il en la regardant. Donc, je disais qu'on était un jeudi soir...

C'est pas vrai ! Nous levons toutes les trois les yeux au ciel.

– ... il était précisément 21 h 53, et j'étais dans le niveau désertique, celui avec les mesas. Il n'y avait pas beaucoup de joueurs – on devait être genre trois, parce qu'à cette heure-là, c'est un peu un entre-deux. Bref, je glandais et je me pratiquais à tirer les lézards dans le désert avec toutes les armes sur lesquelles je pouvais mettre la main, quaaand...

Il fait une pause. Il fait vraiment une pause pour voir si on écoute bien son histoire.

– ... Quaaand ? dis-je pour l'inciter à poursuivre.

– C'est là que j'ai vu son nom.

– Son nom ? demande Margot, pas certaine de comprendre.

– C'était écrit « Patrick Lemieux, légende vivante et fondateur de KPS, vient de rejoindre la partie » ? que je demande.

– Ben non !

– Quoi alors ? insiste Charlotte.

– C'est son pseudo qui est apparu.

Et il ajoute, en déployant les mains, comme si c'était un mirage : « Kilpatrick ».

– Ça aurait pu être n'importe qui, fait remarquer Margot.

– C'est ce que je me suis dit aussi. Sauf qu'après douze secondes, il est disparu.

– Margot a raison ! dit Charlotte. Avec ce pseudo-là, ça aurait pu être n'importe qui. Je suis certaine qu'il doit y avoir des Écossais...

– ... ou des Irlandais, précise Margot.

– ... ou des Irlandais... qui jouent avec ce nom-là.

– Ben non. Vous ne comprenez pas.

– OK, explique-nous ça, monsieur Elliot. Qu'est-ce qu'on n'a pas compris ? que je dis en me calant dans mon siège et en croisant mes bras.

– Tu t'appelles Patrick Lemieux, tu t'es fait connaître en étant un dieu des jeux vidéo, t'as fait fortune avant vingt ans dans des tournois en Asie et en Europe. T'es tellement *hot* que tu trônes au sommet de tous les palmarès, et on t'a sacré «Homme le plus sexy du monde» trois années d'affilée. Tu es littéralement une légende vivante...

– OK, il y est *hot*, on a compris ! le coupe Charlotte.

– ... et au sommet de ta carrière, tu prends ta retraite pour lancer une boîte de production de jeux qui, en moins de deux ans, révolutionne le marché avec de nouveaux systèmes encore plus puissants...

– Et ? demande Margot en attendant la suite.

– ... pis tu ne te réserves pas ton pseudo dans le jeu que tu as développé, pseudo avec lequel tu t'es bâti ta carrière internationale ? Je mettrais ma main au feu que c'était lui.

– C'est mince comme argument.

– Au contraire ! C'est *full* béton. Mon explication est parfaitement rationnelle.

Nous fixons Elliot. Nous échangeons un regard entre nous. Nous le fixons à nouveau. Et nous nous esclaffons.

– Quoi ? Quoi ? Vous le savez que j'ai raison… Pfff ! Z'êtes juste jalouses que j'aie joué à la *Ligue* avec Kilpatrick en personne.

– Il a même pas joué ! Tu l'as dit toi-même, il s'est déconnecté après dix secondes.

– Des détails. Pis c'était douze secondes, pas dix.

Margot le relance :

– Ce que tu dis, c'est en partie vrai…

– Quoi donc ? demande Elliot.

– Tout le monde sait que Lemieux a gagné de grosses bourses avec les tournois. Mais quelqu'un m'a dit qu'il aurait hérité de sa fortune *avant*.

– Ses parents étaient pleins aux as ? que je fais, étonnée.

– Exactement.

– Qui t'a dit ça ?

– L'ami d'un ami d'un de mes cousins qui travaille chez KPS qui lui a dit. Ça me paraît fiable.

– Trop facile. On dirait Oliver Queen, que je dis.

– En tout cas, je verrais bien ça dans un roman… dit Margot.

Mon cell vibre. Ishe… C'est mon père. Je n'ai pas vu le temps passer et il me reste toujours la salle de bain à peindre.

– Faut que j'y aille. On se voit lundi.

Chapitre 1-10

À mon grand désarroi, je socialise.

Margot, Elliot et Charlotte ont fait éclater ma bulle isolationniste assez vite. Surtout Charlotte. Impossible de lui dire non, à celle-là. Malgré mon caractère marabout exagéré, elle est venue me trouver et me parler comme si on se connaissait depuis des années et qu'on était déjà les meilleures amies du monde.

Nous prenons presque la même route à pied pour nous rendre à l'école, et ce matin, nous nous sommes croisées. Nous avons jasé tout au long du chemin. Ou plutôt, elle a monologué tout le long du chemin. Presque. J'exagère. Elle a tout de même commencé en me demandant si le trou dans ma chambre avait été réparé. En un temps record, Yan a réussi à faire disparaître la gaffe de mon père qui, lui, s'est efforcé de ne pas lui mettre de bâtons dans les roues.

– Il ne me reste qu'un peu de peinture à appliquer, que je lui dis.

– J'ai hâte de voir ça ! me dit-elle.

En arrivant à l'école, nous nous laissons aux escaliers, puisque je dois passer par ma case. Dans le couloir du sous-sol, je croise Sarah-Jade qui n'a pas l'air pressée de se rendre en cours.

– Salut, Laurianne. Je peux te parler ?

– Euh... oui. Bien sûr.

– J'ai eu beaucoup d'entraînements avec mon *coach* personnel ce week-end, mais entre deux courses, je repensais un peu à ce qui est arrivé la semaine dernière et je crois qu'on est parties sur le mauvais pied, genre.

C'est trop généreux de sa part de prendre deux minutes de son précieux temps pour se rendre compte que j'avais raison. Sérieux, c'est Zach qui est à blâmer. Pense-t-il vraiment que les filles aiment se faire ainsi déshabiller des yeux ? Quant à ma petite bourde où je les ai pris pour un couple, c'était quand même seulement ma première journée à l'école. Je ne pouvais pas deviner, franchement !

– Comme ma mère me dit toujours, c'est à moi d'être la fille mature et c'est à moi d'offrir la chance aux autres de devenir de meilleures personnes. Pis je suis prête à te pardonner pour la semaine dernière. Comment pouvais-tu savoir que le cœur de Zach était destiné à une autre, pauvre chouette ?

Heu... c'est moi, ça, la pauvre chouette ?

Elle me dit ça en riant. Elle croit encore que si Zach me mangeait des yeux, c'était de ma faute. Et c'est quoi cette histoire de bien vouloir me pardonner ? J'en suis bouche bée. Sarah-Jade, en voyant mon expression estomaquée, poursuit en mettant sa main sur mon épaule.

– T'as pas à me dire merci. C'est la chose à faire, voyons. Ah, pis je dois te dire : toute la semaine, j'ai tellement eu pitié. Je te voyais manger avec les geekettes et le nerd en chef et je me suis dit : « Faut que tu la sortes de là, Sarah-Jade. » Fait que je te donne la permission de venir à notre table, ce midi. Tu vas voir, tu vas pas t'ennuyer ! On pourrait prendre une nouvelle photo de profil pour ta page Facebook. Tu vas tellement avoir trop de *likes* ! Pis je me disais aussi que, comme on allait devenir amies et que tu es une pas pire coureuse, on pourrait aller courir ensemble samedi prochain. Noémie, elle est pas capable de me suivre. Tu l'as vue dans le cours d'éduc, elle est même plutôt poche. Je pourrais t'aider à t'améliorer. J'ai remarqué que tu avais de petits défauts dans ta foulée. Je pourrais te coacher genre. Je te chargerais rien du tout ! Après, on pourrait aller magasiner avec No. Pas pour nous vanter, mais on connaît tous les magasins les plus tendance. À ce que je vois, il ne devait pas y en avoir où tu habitais avant.

Est-ce qu'elle vient de m'insulter dans ma face ? Franchement, c'est quoi son problème à elle ? Vrai, je ne porte pas de robe, mais de là à dire que j'ai pas de style. Traite-moi donc de garçonne, tant qu'à y être ! Pis je n'ai pas à me justifier ! Je m'habille comme je veux ! Je vois dans son regard qu'elle croit dur comme fer à ce qu'elle dit. Elle n'est pas en train de me dire mes quatre vérités, elle veut sincèrement m'aider à « m'élever », à me faire grandir comme personne. Ark. Sauvez-moi, quelqu'un ! Pauvre petite Laurianne qui ne sait pas comment s'habiller ! Sam n'en reviendra pas quand je vais lui raconter ça. Sarah-Jade doit se voir comme le comble de la féminité, comme une mannequin en puissance avec ses cheveux blonds lissés à la dernière mode, ses vêtements griffés et son sac Dolce & Gabbana. Sérieux, je ne pourrais pas dire si ses vêtements sont griffés ou pas. Entre une guenille et une autre…

Sans le savoir, Sarah-Jade vient de me tendre une perche, et je vais la saisir, mais je vais tirer beaucoup plus fort qu'elle ne se l'imagine. Je prends un ton un peu nunuche pour lui répondre.

– T'es tellement fine, Sarah-Jade ! T'es comme ma sauveuse, là. J'attendais juuuste ça, tsé. Ils vont comme comprendre, les geeks, que tu m'as invitée et que je ne pouvais juste pas passer à côté de cette chance. J'vais leur dire : « Vous avez pas assez de *likes* sur Instagram. Je veux pas que ma réputation en souffre. Fait que assoyez-vous, moi, je me lève, *bitches.* »

– Heu… Est-ce que tu te moques de moi ?

– *By the way*, pourrais-tu comme me donner un cours de *selfie* aussi ? Parce que je sais jamais quel profil utiliser pour mon *duck face*, que je dis avec de la friture dans la voix. Ce côté-ci, que j'ajoute en aspirant mes joues et en levant deux doigts devant mon visage, ou genre celui-là ?

– OK. T'es vraiment en train de me niaiser. Parce qu'il n'y a genre personne qui parle comme ça.

Moi, je trouve que c'est plutôt réussi comme imitation.

– Désolée, Sarah-Jade, mais on n'est juste pas faites pour s'entendre. Je préfère de loin la compagnie de ma gang de geeks à lunettes. Au moins, eux, ils ne se croient pas supérieurs aux autres et ils ne matent pas le cul des filles comme des *douchebags.*

Wô ! Je suis en feu. Jamais autant de fiel n'aura franchi mes lèvres. Ça ne m'aura finalement pris qu'une semaine pour me faire une ennemie. Les camps seront clairs. Je crois que je viens de sceller mon sort.

Sarah-Jade est trop estomaquée pour répondre. Je tourne les talons et me dirige vers les escaliers. Après deux pas, je ne peux résister à la tentation d'enfoncer le clou.

– On se reverra sur la piste de course. Tu pourras faire comme tes amis et me *checker* le cul. Parce que mon derrière, il va toujours finir les courses avant toi.

Chapitre 1-11

À la seconde où la cloche a sonné, je suis entrée dans le cours de français, où j'ai pu redonner à madame Languedoc la copie de *Maria Chapdelaine* qu'elle m'avait prêtée. Je n'ai pas pu glisser un mot à Charlotte de ce qui venait d'arriver, car la prof est plutôt sévère. En tout cas, contrairement aux autres cours, tout le monde y est silencieux. Même Sarah-Jade n'a rien dit à William ou à Zach.

Notre deuxième cours de la journée en est un d'éduc, et comme la journée est plutôt chaude, *coach* Michel a décidé de donner son cours à l'extérieur. Après une courte période d'échauffement, il nous crie ses instructions :

– OK, les jeunes ! Aujourd'hui, c'est votre test. C'est for-ma-tif. La note ne compte pas. On va voir si vous êtes en forme. Je vais tout de suite savoir qui a respecté le plan d'entraînement, et qui s'est bourré la face de *chips*. Séparez-vous en deux vagues, les filles d'un côté pour le trois kilomètres, et les gars de l'autre pour le cinq. Pour les poches en maths, les filles, ça vous fait sept tours et demi. Les gars, douze tours et demi, précise-t-il.

Quoi ? Comment ça, les filles font trois kilomètres et les gars, cinq ?

Encore une fois, on nous dit que nous ne sommes pas les égales des gars. On ne nous fait pas nous asseoir sur le banc pour les encourager, mais c'est tout juste. Je pensais que tout ça était réglé depuis belle lurette ! Il semble que ce ne soit pas le cas.

« Vous ne serez jamais capables de battre les gars. Mieux vaut vous y faire maintenant. Pauvres vous, prises à faire partie du sexe faible… On vous prend tellement en pitié qu'on vous offre de réduire le niveau de difficulté. On sait, vous n'avez rien demandé, mais on vous l'impose quand même. » C'est ça qu'on nous dit tous les jours. Urgh…

Va-t-il falloir que je fasse une Kathrine Switzer de moi-même ?

Je rage à l'intérieur. Ça doit se voir aussi beaucoup à l'extérieur parce que Margot me demande si ça va.

– Oui, que je lui réponds en serrant la mâchoire alors que je pense tout le contraire.

– Laurianne, Margot ! Est-ce qu'il y a quelque chose que vous aimeriez partager avec nous ? nous interpelle le *coach* avec sa voix à la puissance surnaturelle.

– Non… répond timidement Margot.

Je ne comprends pas qu'au XXIe siècle, je doive pointer une évidence aussi… évidente. C'est aussi gros que le bouton sur le front de Sarah-Jade, qu'elle essaie de camoufler avec du fond de teint. Déjà, je suis découragée de devoir m'affirmer ainsi. Ces combats, c'étaient ceux de ma mère et de ma grand-mère. Là, je vais passer pour la fautrice de troubles, la rabat-joie féministe et hystérique. C'est tellement injuste. Les gars ne sauront jamais à quel point ils l'ont facile.

– Je trouve ça sexiste.

– Pardon ? fait *coach* Michel en s'étouffant un peu.

– C'est sexiste de nous séparer en deux catégories selon qu'on est un gars ou une fille. On est censées faire quoi ? Encourager les gars à la ligne d'arrivée parce qu'eux font une longue distance ?

Du calme, Laurianne. Essaie d'être diplomate.

– Ce que je veux dire, que je poursuis en prenant un ton plus conciliant, c'est que je trouve ça injuste. Ça propage l'idée que les filles sont moins fortes et moins endurantes. Qu'on est inférieures aux gars.

William en profite pour sortir de son mutisme :

– C'est parce que c'est vrai.

Ce qui fait bien rire Zach et les autres gars de la classe autour de lui. Mais plusieurs filles, dont Sarah-Jade, le fixent avec un air farouche.

Pas besoin d'en ajouter. William et Zach viennent de prouver mon point. L'expression sur mon visage communique au *coach* toute mon exaspération.

Je n'ai jamais agi ainsi à mon ancienne école. Je n'ai jamais osé prendre la parole devant tout un groupe pour m'insurger contre une décision. Est-ce que c'est le fait de me retrouver dans un nouveau milieu qui me donne cet élan ? Je sais qu'on change pendant l'adolescence, mais est-ce qu'une nouvelle hormone coule dans mes veines depuis une semaine ? Je sens le poids des regards. Il faut que j'ajoute quelque chose pendant que j'ai encore leur attention. Pense, Laurie ! Dis quelque chose d'important !

– Peut-être que si on nous donnait la chance, plusieurs filles de la classe se feraient un plaisir d'aller se battre avec les gars. Et il y a peut-être des gars qui sont tannés de devoir se faire passer pour un réservoir de testostérone et qui préféreraient faire un trois plutôt qu'un cinq.

Bon. Ça ne passera pas à l'histoire, mais c'est mieux que rien.

Note mentale : aller lire les grands discours de l'histoire.

Toute la classe me fixe. Je me suis peut-être encore mis les pieds dans les plats. J'aurais obtenu la même réaction si j'avais été un extraterrestre et que je venais de retirer mon déguisement d'humaine. Même le *coach* me regarde avec de grands yeux. J'aurais dû fermer ma grand-gueule et ne rien dire. Margot me regarde avec des yeux pleins d'espoir tandis que Charlotte me souffle un « oui ! » Est-ce que j'ai remué une corde ? Ce que j'ai dit, c'est pas faux.

– Tu sais que c'est comme ça que ça fonctionne dans tous les circuits ? me demande *coach* Michel. Même aux Olympiques.

– Oui. Et ça provient d'une conception sexiste du sport, d'une époque où on interdisait encore les marathons aux femmes parce qu'on croyait que leur utérus allait tomber pendant le parcours.

L'image dégoûtante tire des « yark ! » et des rires nerveux de mes camarades de classe.

– OK, dit enfin le *coach*. Laurianne a peut-être raison.

Mon cœur s'emballe. Est-ce qu'il vient vraiment de dire oui à ma requête ? Est-ce qu'on va enfin nous considérer comme des égales des gars ?

– Est-ce qu'il y en a à qui ça tente d'aller courir un p'tit trois avec les filles ?

Ma balloune vient d'éclater. C'est quoi cette question ? Dit comme ça, bien sûr que non. Le *coach* vient d'offrir aux gars de courir le cinq, comme la tradition l'exige, ou de se faire humilier à courir « un p'tit trois avec les filles ». Aucun des gars ne bouge.

Après une seconde, constatant que personne ne s'est porté volontaire, *coach* Michel ajoute :

– Il y a des filles qui veulent se mesurer aux hommes ?

Coach Michel vient de prendre la première place de ma liste des profs les plus détestés, loin devant monsieur Bertrand, mon prof de secondaire un, qui m'avait accusée, à tort, devant toute la classe d'avoir plagié un travail sur la cryptographie et m'avait collé un zéro.

Naturellement, personne ne bouge. Tout le monde me regarde.

Je mets le pied en avant.

– Moi, je suis capable.

Sarah-Jade s'avance aussitôt.

– Moi aussi.

Je ne sais pas si c'est parce que la petite reine vient de donner son assentiment, mais quatre autres filles se portent volontaires. Derrière moi, Margot et Charlotte s'encouragent mutuellement.

– Vas-y, Margot. T'es capable, murmure Charlotte.

– Ben non. Arrête…

– Si tu le fais, je le fais avec toi.

Margot soupèse les risques et se décide enfin.

– OK, d'abord.

Elles viennent me rejoindre. Un sourire me fend le visage. Je suis tellement contente de les avoir à mes côtés. Je savoure ma victoire. Nous avons donné un élan qui s'est transformé en vague. Plus de la moitié des filles de la classe viennent de changer de catégorie.

– Personne d'autre ? *Good.* On peut y aller, conclut le *coach.*

On s'avance jusqu'à la ligne de départ.

Toutes les écoles ne sont pas équipées de pistes d'athlétisme. D'ailleurs, mon ancienne n'en avait pas. Il y avait un terrain de soccer mal entretenu, où l'on risquait de se tordre le pied, et de vieux buts tout rouillés juste bons à nous refiler le tétanos. Cette piste-ci a plutôt l'air en bon état. Longueur réglementaire de quatre cents mètres. Surface asphaltée. Six couloirs bien définis.

Instinctivement, comme à toutes les courses, les plus rapides, ou ceux qui croient l'être, se placent en avant, tandis que les plus lents restent derrière. Sarah-Jade se faufile jusqu'à moi et joue du coude pour tenter de me faire reculer. Pour qui elle se prend, la reine de l'école ? Ah oui ! C'est exactement ce qu'elle croit être. Eh bien, j'ai des nouvelles pour elle. Je suis dans mon élément et je ne m'en laisserai pas imposer par cette chipie.

Coach Michel donne le signal de départ en actionnant son klaxon et nous partons en éclair. Beaucoup trop rapidement. Comme à chaque fois. Dès la première courbe, William, Zach et Elliot prennent les devants du peloton. Sarah-Jade cherche à se faufiler à l'intérieur de la piste et à me rabattre à l'arrière. Par principe, je résiste à son assaut, mais la laisse passer. Il n'y a pas cent mètres de parcourus. Ça ne sert à rien de gaspiller mon énergie ainsi.

William ne me m'inquiète pas. Il frime pour impressionner la galerie. Zach, je crois bien pouvoir le rattraper. Elliot est du calibre de Zach, mais depuis ce matin, il a les yeux dans la graisse de bine et renifle sans bon sens. Je crois qu'il couve un rhume. La vraie compétition, c'est Sarah-Jade. C'est elle que je dois surveiller.

Au sixième tour, Zach est victime d'une crampe. Il se tient les côtes et sa vitesse chute dramatiquement. Nous le doublons tous. Elliot et William sont toujours à une dizaine de mètres devant Sarah-Jade, qui n'en a que trois d'avance sur moi. À chaque virage, j'attaque un peu et fais sentir ma présence, juste pour l'énerver.

Après sept tours et demi, les filles qui ont choisi de rester dans le trois kilomètres reprennent leur souffle sur le bord des lignes et nous regardent courir. Ou plutôt, elles regardent William courir. Il a défait sa toque et court les cheveux au vent.

Show-off!

Plus qu'un tour. Ma respiration est profonde et régulière. Mon pouls est encore bas. Ma vitesse est bonne. Il me reste plein d'énergie. Sarah-Jade croit qu'elle m'impose son rythme, que je lui cours après et qu'elle mène le bal. À quatre cents mètres de la ligne d'arrivée, je peux voir que William ne tiendra plus longtemps, Elliot non plus. Je décide d'ouvrir la machine. Puissance maximale, et tant mieux si ça fait mal. J'aime la souffrance, que je me répète comme un mantra. J'allonge mes foulées et déploie toute ma vitesse.

Sarah-Jade sursaute lorsqu'elle me voit passer sur sa droite à la sortie de la courbe. Elle décide de donner le tout pour le tout. Nous dépassons les deux garçons qui ne parviennent pas à tenir notre cadence.

On sort de la courbe. C'est la dernière ligne droite. Et les filles du trois kilomètres se mettent à nous encourager en criant nos noms depuis les lignes, ravies de voir deux des leurs terminer devant les gars. Plus que cent vingt mètres. Plus que quatre-vingts mètres. Plus que cinquante mètres. Trente mètres. Vingt.

Un de mes pieds prend une direction anormale.

Pourquoi est-ce que je vole ?

Chapitre 1-12

Scientifiquement, plus on court vite, moins nos pieds touchent au sol longtemps. Ce qui veut dire que, quand on court, on passe plus de temps dans les airs qu'au sol. En théorie.

Je courais vite. Vraiment vite. Je n'ai pas consulté ma montre, mais c'était sûrement un de mes meilleurs sprints. Pas assez rapide pour prendre mon envol, par contre. N'ayant pas de superpouvoirs (et n'étant pas prête à faire des expériences avec des araignées ou des déchets radioactifs), ce vol inexpliqué me paraît suspect.

Le sol défile sous moi au ralenti, comme si une caméra capturait le tout à très haute vitesse. Sarah-Jade me double par l'intérieur du couloir, une partie de la classe nous observe depuis le bord de la piste tandis que les gars courent derrière nous. Et toujours cette piste asphaltée qui se rapproche.

L'impact est violent. J'ai eu le temps de le voir venir.

Quand j'ouvre les yeux, il y a des étoiles qui dansent et qui tournoient, exactement comme dans Tintin. Je ne sais pas comment j'ai fait pour m'envoler.

– Ça va ? Es-tu correcte ? me demande Elliot, penché au-dessus de moi.

Le *coach* arrive en courant.

– Ça va, Laurianne ? Es-tu blessée ?

J'ai de la difficulté à reprendre mon souffle.

– Heu… je crois pas.

Une vague de douleur vient me frapper à retardement. Mon non se transforme en oui. J'ai le genou droit en sang. L'éraflure a beau être superficielle, la quantité de rouge liquide qui s'en échappe fait peur à voir. Je me suis assez blessée en *skate* pour savoir que la blessure est mineure. N'empêche que, malgré moi, les larmes me montent aux yeux.

– *Coach ?* dit Margot en levant timidement la main. C'est Sarah-Jade qui lui a fait une jambette.

– Quoi ? T'es ben menteuse, Margot ! C'est même pas vrai ! réplique celle-ci.

Le *coach* la fait taire d'un seul regard.

À cause des filles sur le bord des lignes, il n'a pas vu de contact illégal. Pas plus que les filles, qui étaient en train de nous encourager. Tout est survenu trop rapidement.

– Es-tu certaine de ce que tu avances ? demande-t-il à Margot.

Hésitante, Margot fait signe que oui de la tête.

– C'est elle qui s'est lancée par terre quand elle a vu que j'allais la dépasser. Une vraie joueuse de soccer ! Elle faisait sa fraîche tantôt, mais elle a mordu la poussière.

Sarah-Jade est assez fière de sa répartie.

138

– Ça suffit, Sarah-Jade ! J'ai ta version des faits. William, Elliot, vous étiez directement derrière elles. Qu'est-ce qui est arrivé ?

– Moi, j'ai pas vu de contact, *coach*, répond tout de suite William. Laurianne a dû s'enfarger.

Qu'il dénonce sa blonde aurait été plutôt surprenant. Malgré son look de mâle alpha, William est à la botte de Sarah-Jade.

– Elliot ?

– Ben… commence celui-ci en reniflant un coup. Je peux pas dire si c'était intentionnel ou non… mais il y a définitivement eu contact.

– J'ai rien fait, se défend à nouveau Sarah-Jade, les bras croisés.

– Un contact de ce genre en compétition, qu'il ait été intentionnel ou non, ça t'aurait valu une disqualification automatique, dit le *coach* en s'adressant à l'accusée. Tu le sais. Si ça avait été l'examen, je t'aurais mis un zéro. Dis-toi bien que tu es chanceuse de t'en sortir seulement avec un avertissement.

Puis il s'adresse au groupe avec sa voix tonitruante :

– Vous êtes tous avertis ! Si je vous surprends à faire trébucher un camarade, ce ne sera pas une retenue, mais une suspension. Est-ce que je me suis bien fait comprendre ?

– *Coach*, oui, *coach* !

– Es-tu capable de marcher, Laurianne ? me demande-t-il finalement.

– Moyen. J'ai le genou qui pisse le sang.

– OK. Tu vas aller à l'infirmerie. Elliot, peux-tu l'aider ?

En m'appuyant sur Elliot, tout en essayant de maintenir une pression sur mon genou ensanglanté, je parviens à me traîner jusqu'au bureau du directeur, où nous accueille la secrétaire.

– Oh mon Dieu ! dit celle-ci en plaquant les mains sur sa bouche. Mais qu'est-ce qui t'est arrivé ?

– Elle est tombée dans le cours d'éduc, répond Elliot à ma place.

– Ma pauvre chouette ! Ça doit faire mal… Viens t'étendre ici, dit-elle en ouvrant la porte d'un petit local où se trouve un lit d'hôpital. Merci, Elliot.

Mais pourquoi tout le monde m'appelle sa « pauvre chouette » ? Est-ce que j'ai une face de chouette ? Hou ! Hou !

Elliot tire deux kleenex d'une boîte, se mouche bruyamment, et fait des provisions en prenant quatre mouchoirs supplémentaires avant de retourner en classe.

La secrétaire, qui assume aussi le rôle d'infirmière, insiste pour nettoyer chacune de mes plaies et les recouvrir d'un pansement. Qu'elles ne soient que des éraflures n'enlève rien à sa détermination. Bien vite, je me retrouve avec des diachylons sur les coudes, une hanche, le menton, une jointure, une épaule et un bandage sur le genou. C'est vraiment exagéré. J'ai beau lui répéter que je vais bien, elle me cloue le bec en disant que, quand elle était jeune, sa mère lui racontait qu'un des frères de son père avait marché sur un clou, et comme il n'avait rien dit à ses parents, la blessure s'était infectée et on avait dû lui amputer la jambe. Je doute qu'on en arrive à une solution aussi drastique. Je suis tombée sur la piste d'athlétisme, je n'ai pas marché sur un vieux clou rouillé plein de tétanos. Et en plus, j'ai déjà été vaccinée.

Après être retournée au vestiaire pour me laver, me changer et arracher une demi-douzaine de diachylons inutiles, je retrouve Margot, Charlotte et Elliot à la cafétéria en boitant jusqu'à notre table habituelle.

– Ça va ?

– T'es correcte ?

Pour toute réponse, je m'assois en grimaçant. Je vais avoir le corps couvert de bleus demain, mais j'ai déjà eu pire.

– Dommage que j'aie pas eu ma GoPro avec moi, dit Elliot.

– C'est vrai ! On aurait pu prendre Sarah-Jade sur le coup ! dit Charlotte.

– Ouais… mais je pensais surtout à la vidéo que ça aurait donné. Tu aurais pu passer à FailArmy ! dit-il.

– Désolée de te décevoir, que je lui réponds.

– Sérieux ! Vol. Plané. De. La. Mort ! fait-il en ouvrant les mains. Ça aurait été *full* viral.

Je vois bien qu'il se fout de ma gueule. Alors je lui tire la langue en riant.

– Oh non. Les voilà qui viennent par ici, annonce Charlotte.

– Qui ça ?

Sans avoir à me retourner, ce qui aurait été trop douloureux de toute manière, je devine que Sarah-Jade et sa suite s'approchent. En passant devant la table, Sarah-Jade m'envoie un sourire narquois, tandis que Zach feint de trébucher, ce qui fait rire William, bien évidemment.

– Laisse-les faire, me dit Charlotte, protectrice.

– C'était vraiment niaiseux de sa part, dit Margot. Tu aurais pu te casser un bras !

– C'est correct. Je n'ai rien.

C'est vrai que ça aurait pu être pire. Heureusement, je ne m'en sors qu'avec quelques égratignures, des bleus à venir et un ego meurtri.

– Pourquoi elle a fait ça ? demande Margot.

– Facile ! répond Elliot. Elle est diabolique ! C'est la Cruella de notre école secondaire; elle est belle, mais meurtrière. Et cruelle ! N'oubliez pas : cruelle ! Elle doit tellement cacher un manteau en fourrure de petits chiens dans son garde-robe.

Sarah-Jade n'est sûrement pas le mal incarné, comme le suggère Elliot.

– Elle est fru parce que je lui ai cloué le bec ce matin avant le cours.

Je leur raconte notre altercation, où elle m'a fait l'immense « honneur » de m'inviter à sa table parce qu'elle avait pitié de moi.

– Elle a dit que j'étais le nerd en chef ? *Sweet !* Ça va tellement sur mon profil Facebook, ça.

Charlotte se retourne d'un coup vers Elliot et lui demande :

– Pourquoi t'as pas juste dit au *coach* que tu l'avais vue faire une jambette à Laurie ?

– Parce que ça n'aurait pas été la vérité.

– Elle mérite juste de se faire expulser, ajoute-t-elle.

– Je suis d'accord avec toi, mais je ne l'ai pas vue faire. J'ai des principes. Voulais-tu que je m'abaisse à son niveau ?

Il n'en faut pas plus pour que les deux se lancent dans un débat sur l'importance de mentir pour ses amis. Charlotte et Elliot n'en sont pas à leur premier (ni à leur dernier) débat du genre. Ils argumentent pour le plaisir de la chose, pas pour savoir qui a raison. Margot, toujours aussi discrète, ne suit la conversation que d'une oreille. Soudain, son visage devient cramoisi. Elle fond sur sa chaise et cherche à se cacher derrière son demi-sandwich.

Je suis son regard rêveur, qui est fixé sur un grand blond aux cheveux frisés marchant dans l'allée. Celui-ci s'arrête un moment pour discuter avec un groupe de gars de secondaire quatre. Où l'ai-je vu déjà ? Ça me revient. On s'est croisés aux casiers, lundi dernier. Margot avait pouffé de rire quand il m'avait bousculée.

Je me penche vers Margot et lui demande tout bas :

– C'est qui, lui ?

Ma question semble la prendre par surprise.

– Hein, qui ça ?

– Le gars là-bas ?

– Heu… Je sais pas… essaie-t-elle de mentir. Je pense qu'il s'appelle Simon, avoue-t-elle dans un chuchotement.

Quand elle le regarde, il y a une lueur particulière dans ses yeux. Je suis certaine qu'elle doit avoir cette impression de chaleur dans la poitrine et des papillons au creux de l'estomac. C'est ce que tous les auteurs décrivent dans leurs romans, et au nombre d'auteurs à dire la même chose, ce doit être vrai ! C'est tellement trop clair dans son visage que Margot a un *kick* sur Simon !

– Est-ce qu'ils savent ? que je lui chuchote en indiquant les deux orateurs de la tête.

– Non. Oh, Laurianne. Dis rien, s'il te plaît…

D'un signe de la tête, je lui indique qu'elle peut me faire confiance. Je ne dévoilerai pas son secret.

– Vous tenez des messes basses ? De quoi vous parliez ? demande Elliot.

Margot rougit à nouveau.

– Bah… Je… marmonne-t-elle.

Je dois trouver une diversion. Si Elliot la presse un peu plus, elle va se compromettre et révéler son secret. Alors je dis la première chose qui me passe par la tête :

– Du devoir de français. Je suis pas certaine d'avoir compris pourquoi Maria ne part pas avec François Paradis.

– Parce qu'il meurt gelé dans la tempête... me répond-il, comme si c'était une évidence.

– Ah ouin ? que je fais avec de gros yeux, l'air d'être perdue. Il me semble que ça aurait mieux fini s'ils s'étaient mariés.

– Ils pouvaient pas finir ensemble. C'est Eutrope qui représente la terre et la tradition.

– N'importe quoi ! l'interrompt Charlotte. C'est un roman manipulateur et paternaliste. Hémon a joué le rôle de l'Église...

Il n'en faut pas plus pour relancer la joute, Charlotte défendant la liberté que représente François Paradis et le manque de volonté de Maria, qui aurait pu – « Qui aurait dû ! » insiste-t-elle – agir comme catalyseur pour le peuple canadien-français, tandis qu'Elliot s'en tient à une analyse très stricte du roman, régurgitant tous les arguments de madame Languedoc.

Je penche plutôt du côté de Charlotte. Un petit mensonge pour protéger ses amis peut parfois être le bienvenu.

Chapitre 1-13

À : sam.brodie@mail.com
De : laurie@mail.com
Date : Mardi, 6 octobre, 16 h 37
Objet : Fille de ville ou fille des champs ?

Hé !

Contre toutes les probabilités, j'ai survécu à ma première semaine en ville. Qui l'eût cru ?

J'ai pas vraiment pu te donner de nouvelles depuis notre dernière partie, parce que les profs m'ont tenue occupée avec une quantité phénoménale de devoirs et d'exercices. En plus, il a fallu que je me tape un roman du terroir ultra-plate à vitesse grand V. Tu imagines ? Le sujet moche par excellence. Tu aurais sûrement adoré… juste pour me contredire.;-)

Mauvaise nouvelle, tout indique que mon futur proche continuera de se dérouler ici. Mon père n'a vraiment pas l'air parti pour changer d'idée. Nous avons passé la semaine à vider nos boîtes et à placer l'infinité de bébelles qu'elles contenaient. Et à repeindre. J'en peux plus, de l'odeur de peinture !

L'appart est minuscule. C'est presque un microappartement, comme ceux de New York (j'exagère à peine) ! Disons qu'on a vite fait le tour… Et tout porte à croire que je vais être prise ici jusqu'à mes dix-huit ans.
Sur une autre note, les rumeurs sur la grande ville sont grandement exagérées. Désolée.

On est loin de la description apocalyptique qu'en fait ta mère. Tu rêves d'un décor urbain à la *GTA* où le *SWAT* est omniprésent en raison de la criminalité rampante. Mais non. Pas de gangs de rue, pas de vol de banque en plein jour (ni même la nuit), pas de fou furieux au volant, et je n'ai même pas encore aperçu de messagers à vélo. Les gens sont… gentils. Je sais. Ça frise l'hérésie.

Rectifions les faits :

* La ville pue : oui, mais autrement. Il paraît que c'est pire près du port. Disons que ça sent la poussière et les voitures. Qu'est-ce que ce sera les jours de smog ? Honnêtement, c'est pas pire que les jours d'épandage de purin au printemps (mioum !).

* Les gens ne savent pas conduire : bof. C'est ni pire ni mieux que chez nous. Il y a probablement moins de *douchebags* qui font crisser leurs pneus au mètre carré. Ça reste à confirmer.

* Il y a un système de transport en commun : oui, mais l'école est à deux pas. J'ai pas encore eu l'occasion de prendre un autobus ou un métro. De toute façon, le métro est toujours en panne pour une raison ou pour une autre. Ce matin à la radio, ils disaient que c'était une défaillance de leur système informatique.

Vite comme ça, c'est plutôt positif.

Je te rassure tout de suite, même si la ville n'est pas aussi pire que je le croyais, je ne m'y habituerai jamais. JAMAIS !

Ce qui est vraiment tripant, par contre, c'est que j'ai découvert une boutique de jeux vidéo. La Grotte (c'est le nom du magasin) est située à deux coins de rues d'ici. Je peux y aller à pied. Quand je veux. Même pas besoin de quêter de *lift* ou d'embarquer avec ta mère quand elle va faire ses commissions au centre d'achat.

J'ai dû m'y rendre la fin de semaine dernière parce qu'on m'a complètement bousillé mon clavier. Devine qui a essayé de poser un support mural dans ma chambre ? Eh oui ! Ça a été, comme toutes les fois, spectaculaire… et prévisible. Je m'en sors avec un joli clavier tout neuf. ☺

C'est pas mal ce qui se passe par ici.

L.

PS : Fais tes devoirs. J'ai le goût de jouer à la *Ligue* après le souper.

Moins de cinq minutes après avoir envoyé mon courriel, je reçois un texto de Sam sur mon cell.

Oui, maman.;-)

À 18 h 00 précises, comme tous les soirs chez les Brodeur, Sam est en train de souper. Le moment est inscrit à l'horaire de chacun et, à moins de force majeure, les membres de la famille de Sam sont tenus d'y assister. Sa mère a depuis longtemps décrété une interdiction formelle sur l'utilisation des « bidules dérangeants », comme elle les appelle. Pas de tablettes, pas de textos, pas de Facebook, pas de téléphone à table. Même si le président des États-Unis l'appelait, elle ne répondrait pas.

Dès la fin du souper, Sam me *skype*. Ce qui veut dire que ce soir, pour une fois, il a fait ses devoirs. L'an dernier, ses notes avaient trop baissé au goût de sa mère et elle avait resserré les règles : pas de jeux vidéo tant qu'il n'a pas fait ses devoirs, le tout étant en plus conditionnel à l'obtention de résultats satisfaisants.

L'image de Sam apparaît à l'écran lorsque j'active la communication. D'un coup, les kilomètres qui nous séparent disparaissent. Je réalise aussi que la présence de mon meilleur ami me manque. La dernière semaine a été si folle qu'on ne s'est presque pas échangé de textos.

– Salut.

– Salut. Comment est-ce qu'elle va ? me demande-t-il.

– Pas si mal, si on fait exception des éraflures et des bleus.

Je lui raconte l'« incident » d'hier où Sarah-Jade m'a fait trébucher quelques mètres avant la fin de la course pendant le cours d'éduc.

– Pas pour vrai ? s'exclame-t-il.

Les blessures sont encore à vif et ma caméra HD les lui retransmet dans toute leur splendeur. En me rassoyant, je retiens un gémissement de douleur.

Les bleus ont pris de l'expansion et sont plus sensibles que jamais.

L'histoire aurait sûrement été plus intéressante si Sam ne m'avait pas interrompue à tout bout de champ pour me demander de qui je parlais. D'habitude, nous sommes tellement sur la même longueur d'onde que nous complétons les phrases de l'autre avant qu'il les finisse, comme le font des jumeaux. C'est un peu comme si nous étions liés par une connexion métaphysique. Si dix jours de séparation nous affectent autant, j'ai peur que notre lien s'étiole et s'efface... Non. Ça n'arrivera jamais. Notre amitié est en béton ! Mon déménagement n'est qu'un obstacle qui nous permettra de la renforcer.

– Wow ! dit Sam quand j'arrive enfin à la fin de mon récit. J'aurais jamais cru que quelqu'un s'en prendrait à toi de cette façon. T'es tellement... sympathique, dit-il en riant.

Il est fier de son coup.

– Ha ha. Très drôle.

Je me suis fait une ennemie à ma nouvelle école. Une sur les deux mille élèves. Et alors ?

Quand je pense à ma situation, je me dis que c'est presque un exploit que ça ne soit pas arrivé avant. Évidemment, il y avait des filles avec qui je ne m'entendais pas, mais rien qui valait que je me fasse greffer des yeux cybernétiques derrière la tête. On avait un pacte de non-agression, de non-ingérence.

Au pire, on s'ignorait, et tout le monde s'en portait mieux.

Nous nous connectons aux serveurs de la *Ligue*. Sam cherche à en savoir plus sur Elliot, Charlotte et Margot, sur comment je les ai rencontrés, alors que je passe en revue mon équipement. Je suis chanceuse. Qui sait ce qui serait arrivé si la place près de Charlotte n'avait pas été libre ? Nous avons vraiment des atomes crochus. Ça fait à peine une semaine, et notre relation est naturelle, comme celle que j'ai avec Samuel. Charlotte, Margot et Elliot pèsent bien plus fort dans la balance que tout le trouble que pourrait me vouloir Sarah-Jade.

Et Samuel n'a pas un iota de jalousie envers eux. J'ai trouvé trois nouveaux Sam ! J'ai hâte de le leur présenter. Je suis certaine qu'ils sont faits pour s'entendre.

– On dirait bien que tu es tombée sur le *jackpot*, conclut-il.

– Tu crois ?

– Absolument.

– Fait juste leur rappeler qui est en haut de la liste, OK ? Ton *best*, c'est moi, lance-t-il en me faisant un clin d'œil dans la caméra.

L'armure personnelle de Stargrrrl, un gros gilet pare-balles lui protégeant le torse, les épaules et les bras, ainsi que des protège-tibias renforcés, est usée. Il va me falloir la remplacer. Je fais le tri de mes armes : des fusils longue portée, quelques armes semi-automatiques, des couteaux, une machette, une demi-douzaine de grenades, un paquet de C4, beau-coup de balles et deux fusées routières, toujours pratiques quand on explore le réseau de tunnels qui sillonent la ville et qui, évidemment, ne sont pas éclai-rés et qu'on ne veut pas se perdre. Stargrrrl est prête.

Pour être honnête, nos réserves sont presque à sec. À défaut d'un bunker, Sam et moi avons une cache pour y stocker notre surplus d'armes et de vivres. Si un mal-heur arrivait à l'un de nous deux, on pourrait sauver quelques dizaines d'heures en s'y rééquipant. Ce serait quand même vraiment, vraiment poche. Notre planque est bien camouflée et nous prenons toujours garde de ne pas nous y rendre en présence d'autres avatars, car rien ne pourrait les empêcher de nous voler. Ça aussi, ce serait nul. Présentement, notre cache est située dans un autre secteur, alors, le seul équipement disponible est celui que nous transportons sur nous.

Sam et moi sommes d'excellents joueurs. Ce n'est pas de la vantardise. Je pourrais mentir et faire de la fausse modestie. La vérité, c'est qu'on est *badass.*

Mais malgré tout notre talent, nos avatars n'ont pas encore un niveau très élevé et leur équipement est, à part pour deux ou trois objets un peu plus rares, plutôt de base. C'est à cause de la manière dont est programmé le jeu. Et tous les jeux fonctionnent de la même façon : avec du contenu payant. Si un joueur a de l'argent dans la vraie vie, il peut se payer des armes, des armures et des bonus pour son avatar dans le monde virtuel. Un *noob* avec un portefeuille bien garni pourra toujours s'équiper en deux temps trois mouvements, tandis que Sam et moi devons accomplir une tonne de missions pour ramasser des crédits. Mais même avec une réserve de crédits illimitée, il y a toujours une partie du matériel réservée aux joueurs prêts à piger dans leur compte de banque. Ils ont de l'argent, soit. Mais l'argent n'achète pas le talent.

Nous, on s'offre toujours le plaisir de leur botter le cul, à ces richards. Éliminer l'un d'eux peut se faire très rapidement; ça peut parfois aussi demander patience et stratégie quand le joueur est un peu meilleur. On a déjà passé plus de sept heures à pourchasser notre proie. Quelle nuit ça a été! La plupart du temps, nous atteignons notre objectif. Le butin qu'on récupère vaut largement le temps investi dans la traque.

La Ligue des mercenaires comprend deux modules bien distincts. Le premier, *Sanctuarium*, supporte les tournois, les assauts organisés, etc. C'est en quelque sorte une arène où les mercenaires peuvent s'affronter sans craindre de voir leur avatar se faire éliminer et leur inventaire réduit à néant. On n'y meurt jamais, on réapparaît instantanément. Mais on n'acquiert dans ces combats que peu de points d'expérience et encore moins de crédits. Sans risque, l'évolution de notre avatar se fait à pas de tortue.

Terra I, quant à lui... Ha ha! Il est énorme, gigantesque, complètement démesuré! Les programmeurs de KPS ont codé une planète. Ça prendrait des mois à un joueur chevronné pour en faire le tour. On y trouve toutes les géographies, allant des montagnes au désert, des villes à la forêt, tous les types de véhicules, toutes les armes. Tout y est !

Et j'ai cette étrange impression que nous n'avons exploré qu'une parcelle de la carte de ce monde virtuel, qu'on n'en a effleuré que la surface. Avoir été à la place des concepteurs, je ne me serais pas contentée de créer un monde se limitant à la couche supérieure de la planète. Les océans aussi doivent receler leurs propres trésors et leurs dangers. Quelque part sur la carte, il doit y avoir des mines sans fin à explorer, des grottes labyrinthiques où on peut se perdre si on ne prend pas garde.

Ces niveaux souterrains secrets, je me fais la promesse de les découvrir... dès qu'on sera rendu aux vacances de Noël.

Ici, dans *Terra I*, les récompenses et l'expérience que l'on gagne sont décuplées, car les risques d'y laisser sa peau sont d'autant plus grands. Si nos avatars y meurent, c'est la fin... pour eux. Pour nous, les joueurs, il nous faut recommencer à zéro. Au bas de l'échelle. Recréer un nouvel avatar de niveau un, sans le sou, sans armes et sans défenses.

Je ne compte plus les heures, l'innombrable quantité d'heures, passées dans la *Ligue* à remplir des quêtes, des missions, à prendre la poudre d'escampette, à abattre des ennemis sans me faire repérer.

Il faut avancer avec prudence.

Voilà une bonne demi-heure que nous traquons un gars. Ce pourrait aussi bien être une fille. (Après tout, sur internet, personne ne sait que tu es un chien.) Notre cible a l'air d'être pleine aux as. Enfin, c'est ce qu'on pense.

Ces joueurs-là, aux portefeuilles garnis, ce sont des gamers du dimanche, des trentenaires casés qui ont un boulot, une maison et une voiture, et qui viennent de s'acheter une console parce qu'ils sont nostalgiques du Nintendo qu'ils ont eu pour leur dixième anniversaire. Ils croient qu'ils sont meilleurs parce que dans le temps, il fallait souffler dans la cartouche pour qu'elle fonctionne. Mais ils ne maîtrisent pas le quart de leur manette. Et ils n'ont pas d'honneur. Au lieu de gravir les échelons, ils sortent quelques billets pour s'acheter des raccourcis. C'est plutôt facile de les repérer : ils opèrent seuls, font encore les missions de base (celles qui sont suggérées par le jeu), et ont peu de maîtrise sur les différentes armes de leur inventaire.

Il y a quelques semaines, Sam2dePique et moi avons « emprunté » un camion militaire et sommes partis en exploration, jusqu'à ce que nous nous soyons retrouvés dans une embuscade. Quelqu'un n'était pas content qu'on passe sur son territoire ou il pensait que nous transportions une cargaison bonne à voler. Peu importe, le camion est parti en fumée et nous, en courant. Le groupe de maraudeurs qui nous a attaqués était bien trop important pour que nous nous attardions dans le coin. Nous nous sommes enfuis et nous sommes cachés dans un village se trouvant au fond de la vallée pour y panser nos plaies. Depuis, nous sommes coincés ici, à plus d'une semaine de marche du secteur où nous jouons habituellement.

La vallée est entourée de montagnes majestueuses. À notre connaissance, il n'y a qu'une route pour en sortir, une route qui est contrôlée par un nombre indéterminé de maraudeurs.

Notre proie a dû nous repérer. Elle essaie de nous échapper en repassant sur ses pas, en prenant des routes de manière aléatoire. Elle évite de se faire coincer et d'avoir à nous affronter dans une confrontation où nous aurions l'avantage. Le gars est rapide, mais nous tenons bon. Il ne doit avoir que quelques minutes d'avance sur nous lorsque nous rejoignons le sentier qui gravit la montagne.

Avant de nous engager à sa poursuite, nous nous arrêtons à couvert pour évaluer nos options.

– Il nous a repérés, dit Sam.

– Je sais.

– C'est risqué de le pister ici. Il va avoir l'avantage du terrain et de la position. Tu veux toujours le suivre ?

Je réfléchis quelques secondes avant de répondre. Sam a raison. On ne connaît rien à ce sentier, à ces montagnes. En plus, il sera plus haut que nous et pourra nous voir venir à un kilomètre.

Malgré qu'il y ait des dizaines de millions de personnes jouant à la *Ligue*, on arrive toujours à trouver des zones dépeuplées comme celle-ci. Nous n'avons vu personne dans le village, à part ce gars-là. Ça nous prendrait des heures pour changer de zone, sans compter les maraudeurs qu'il nous faudra éviter.

– Absolument, que je lui réponds enfin.

À l'écran, Sam sursaute. Sa mère vient d'entrer dans sa chambre avec un panier à linge.

– Maman ! Tu aurais pu cogner, je suis en train de jouer ! se plaint-il.

– Et moi, je fais le lavage, répond-elle, imperméable aux lamentations de son fils. Faut bien que quelqu'un s'en occupe. Tiens, bonjour, Laurianne ! dit-elle en me voyant à l'écran.

– Bonjour, madame B, que je fais à la caméra.

Madame Brodeur s'approche et s'adresse au coin du moniteur où j'apparais plutôt qu'à la caméra, ce qui me donne d'elle une vue de profil.

– Alors, comment ça va, ma grande ?

– Ça va.

– Et ton père ?

– Il tient le coup.

– Pis, comment trouves-tu la grande ville ?

– Grande.

– Hé que je te trouve courageuse ! Je pourrais jamais aller vivre là, moi. Les gens sont ben trop stressés. Pis stressants ! Juste à y penser, ça me met sur le gros nerf. Non non non. Je ne traverse plus le pont. Quand il faut que j'y aille pour le bureau, c'est toujours Stéphanie qui conduit.

– Mamaaan ! Tu permets ? On est en plein milieu d'une opération.

– Toi pis les « opérations » ! Arrange-toi donc pour qu'il y ait une opération « Samuel range sa chambre » en fin de semaine, dit-elle en hochant la tête, découragée.

Même si je ne le vois pas à l'écran, je peux très bien m'imaginer la scène qui se présente à elle : des piles de vêtements qui traînent, des assiettes sales et une collection de verres au contenu douteux. La chambre de Sam est la définition même d'un capharnaüm.

– C'est ça, ton linge sale ? demande madame B à son fils.

– Ben non ! C'est ma pile propre. Le sale est là, à côté de la porte.

– Ah ! Qu'est-ce que j'ai fait pour avoir un garçon aussi désordonné ? dit-elle en mettant les vêtements dans son panier. Je suis certaine que la chambre de Laurianne est propre, elle, et que son père n'a pas à ramasser ses culottes sales.

– Mamaaaan ! fait Sam, rouge de honte, en se cachant le visage dans les mains.

– Vous devriez venir souper à la maison, un de ces quatre. Je pourrais vous faire de la lasagne. Je sais que ton père trouve que c'est du trouble, mais ça me ferait vraiment plaisir.

– Merci, madame B. C'est gentil. Je ne manquerai pas de le lui dire.

– Maman, s'il te plaît, sors de ma chambre ! insiste Sam en pointant la porte.

– Bon. Bye, Laurianne ! Dis bonjour à ton père pour moi.

– À la prochaine, madame B !

Dès que la mère de Sam referme la porte derrière elle, je ne peux résister à l'envie de lancer une pique à mon meilleur ami, mais celui-ci me bat de vitesse :

– Aucun commentaire. Ou sinon, je me déconnecte… menace-t-il.

Alors, je le fixe à travers l'objectif de ma caméra et je me mets à rire. Faut dire que la situation est plutôt tordante. Je ris à m'en donner des crampes dans les joues. Sam, qui a un bon fond, se laisse contaminer et attrape mon fou rire.

– Est-ce qu'on peut revenir à notre mouton en fuite ? fait Sam, les larmes aux yeux.

Notre proie a pu creuser son avance. Comme il se dirige en montagne et que ni lui ni nous ne connaissons le coin, aussi bien continuer à le traquer.

Par les traces qu'il a laissées au sol, il n'a pas plus de dix minutes sur nous. Ouais ! Au cours des vingt-quatre dernières heures, il y a eu de la pluie dans la vallée. Le sol est encore humide et on aperçoit facilement les empreintes. Nous nous remettons à sa poursuite et commençons à gravir le flanc de la montagne.

Vingt minutes plus tard, la vue offerte sur la vallée est phénoménale. Nous avons escaladé un bon bout de terrain. À mesure que nous grimpions, le sol est devenu de plus en plus sec. Et les traces de moins en moins faciles à lire. C'est à croire qu'il n'a plu que dans la vallée. Quelques centaines de mètres plus loin, nous aboutissons sur un petit plateau rocailleux délimité par un précipice d'un côté et une paroi verticale impossible à escalader de l'autre.

Il faut se rendre à l'évidence : nous avons perdu sa trace.

Chapitre 1-14

– Il a dû revenir sur ses pas, dit Sam. À cette heure, il est probablement en bas de la montagne.

Samuel Brodeur, la voix de la raison.

Je jette un coup d'œil au précipice. Ce perchoir doit être à plus de cinq cents mètres dans les airs. Cinq cents mètres qui ne pardonneraient pas. Par contre, le point de vue sur la vallée est remarquable. Depuis le village, le plateau doit être impossible à apercevoir. Je prends mon fusil de *sniper* et observe le sentier plus bas. Notre proie est là où nous nous sommes mis à couvert un peu plus tôt.

– Il nous a bien eus.

– Tu peux le voir ?

– Hmm hmm… que je confirme, ce qui incite Sam à prendre son propre fusil de *sniper*.

– Le salaud, dit-il en l'apercevant dans sa lunette.

Au même moment, l'avatar se retourne et nous envoie la main pour nous narguer. Je rengaine mon arme et le salue à mon tour. Il a fait ce qui était le plus sage. Tout autre joueur aurait tenté de nous tendre une embuscade, ce qui aurait dévoilé sa position. À la longue, on l'aurait eu.

– Il aurait pu essayer de nous tendre un piège. Là, on l'aurait eu.

Notre lien télépathique est de retour. On pense pareil, Sam et moi.

Sam tire un coup. C'est peine perdue. Le fusil de Sam est moins puissant que le mien et je sais bien qu'il est hors de portée.

– Tu gaspilles des balles.

– Je sais. Mais après une heure de traque, ça me change les idées.

Une heure ! Et nous ne sommes pas plus avancés qu'au début de notre session. Comment va-t-on faire pour se sortir de ce chaudron ? La route par laquelle on est entrés est contrôlée par des maraudeurs. Nous n'avons aucune idée de leur nombre, de leur force. C'était un coup de chance qu'on réussisse à leur échapper lors de l'attaque de notre camion. Vu l'état de nos munitions, ce n'est pas demain la veille qu'on pourra les attaquer. Urgh...

J'assois Stargrrrl sur un gros rocher et contemple la vue. Avec ce nouvel écran, je ne peux m'empêcher de constater à quel point le paysage est impressionnant. C'est comme se trouver en plein cœur des Alpes suisses. Pas que j'y sois allée, mais je suis certaine que c'est ce que je ressentirais si je m'y trouvais. J'aurais le même sentiment... de communion, faute d'un autre mot. J'imagine aisément que les alpinistes doivent vivre ce genre de moment lorsqu'ils atteignent enfin le sommet d'une montagne. Embrasser du regard un paysage aussi vaste et magistral doit être une vraie drogue.

Je sais que cette montagne n'est qu'un assemblage complexe de pixels et que le monde que j'observe n'existe pas vraiment, qu'il a été créé en studio, mais ce que je ressens, c'est vrai. Ce n'est pas une simulation.

– Qu'est-ce que tu fais ?

– C'est évident, non ? Je prends une pause méditative.

Mon frère d'armes me fixe à travers sa caméra, tandis que Sam2dePique étudie mon avatar. Il ne comprend pas. La contemplation, ce n'est pas trop le truc de Sam. C'est un gars. Il lui faut de l'action, des moteurs qui vrombissent, des explosions, BING BAM BOUM, ce genre de choses.

Son mercenaire s'approche du précipice, pousse une roche du bout du pied et s'assoit en se balançant les jambes dans le vide.

Pendant une longue minute, nous ne disons rien.

J'avais tort. Sam me surprendra toujours.

Au loin, on peut deviner les maisons abandonnées de ce village, un village parmi les milliers qui parsèment cette Terre pixellisée et dévastée par la guerre depuis sa création.

– Tu as entendu quelque chose à propos de l'extension ? me demande-t-il.

– Toujours rien. Ils sont dus.

Ça fait plus de deux ans que *La Ligue des mercenaires* est disponible et on ne sait toujours rien à propos d'une éventuelle extension. N'importe quel autre studio aurait tiré le maximum de son

investissement en ajoutant des extensions, des *packs*,
des mises à jour dans les premiers mois de la sortie
du jeu. Il y a des studios qui ont déjà eu le culot de
vendre leur extension avant la sortie du jeu, sans même
en annoncer le contenu ! Généralement, ce genre de
technique de vente à pression et de siphonnage de
fonds se retourne rapidement contre le studio, surtout
si le jeu n'est pas à la hauteur. Parce qu'il y a une sacrée
limite à rire des joueurs. À moins que vous n'ayez en
main le jeu qui va changer l'histoire de tous les jeux
vidéo.

– Toi ? que je demande à Sam.

– Nan. Juste les rumeurs habituelles. Et KPS qui ne
confirme ni n'infirme rien. C'est certain qu'ils plani-
fient quelque chose de gros. J'en mettrais ma main au
feu. *Come on !* Je peux pas croire qu'avec un jeu aussi
populaire, ils ne sont pas en train de coder comme des
malades. *No way*. J'y crois juste pas.

Il a raison. Une extension s'en vient. Moi aussi, je
crois que le studio prépare un sacré gros coup. Mais
contrairement à leurs compétiteurs, ils œuvrent en
secret. Rien ne doit être laissé au hasard.

Comme ce perchoir. Depuis qu'on y est arrivés
que sa présence même me dérange. Non seulement
elle me dérange, elle m'achale. Elle a quelque chose
d'étrange sur lequel je n'arrive pas à mettre le doigt.
Le plateau a une position parfaite, mais inutilisable.
C'est isolé, bien camouflé, mais trop loin. Sans compter que c'est aussi un cul-de-sac. Parfait pour se faire

prendre en souricière. Peut-être est-il modelé sur un endroit réel, un endroit qui aurait marqué Lemieux et qu'il aurait voulu voir apparaître dans la *Ligue* ? En émettant l'hypothèse, je me rends compte que c'est ridicule. Pourquoi recréer ce genre d'endroit ici ? Ça n'a aucun sens. Ça pourrait être utilisé par un guetteur qui avertirait les villageois en cas d'attaque, mais l'alerte viendrait trop tard. L'armée serait déjà sur la ville. Il aurait fallu que le perchoir soit de l'autre côté de la montagne.

Accaparés par notre *noob*, nous avons dû rater un indice.

– Prête à retourner en bas ? me dit Sam en me tirant de ma rêverie. Faudrait bien qu'on trouve un moyen de se tirer de ce bled perdu. Il n'y a rien ici. On est seuls.

– Ouais... que je réponds à regret.

Plutôt que de me diriger vers le sentier, j'inspecte la paroi rocheuse.

– Tu viens ?

– Une seconde.

Je ne peux m'empêcher de penser que cette paroi... est louche. Mon œil a enregistré un élément incongru, mais mon cerveau n'arrive pas à me dire ce que c'est. C'est comme fixer une de ces vieilles images 3D où l'on doit se dévisser les yeux pour espérer voir apparaître un bateau. Ou ce sentiment que l'on a quand on entre dans une pièce et qu'on sait tout de suite qu'un objet a été déplacé. Je n'arrive simplement pas à mettre le doigt sur ce qui cloche.

À l'extrémité du perchoir, à plus ou moins un mètre de hauteur, une pierre à peine plus grosse que la taille d'un poing est coincée dans un trou. Je la retire. En observant autour, j'en trouve une seconde, un demi-mètre plus haut, puis une troisième, légèrement décalée sur le côté.

Je fais un pas en arrière pour observer les cavités.
Bien sûr !
– Hé, Laurianne ! On y va ?
– Oui, que je réponds à Sam. Mais on monte.
C'est un escalier. Un escalier creusé à même la montagne. « Escalier », c'est généreux, faudrait plutôt dire « échelle rudimentaire ».

Quatre pierres camouflaient les premières cavités, là où la paroi rencontre le précipice. Les cavités suivantes, sans pierres celles-là, s'éloignent du perchoir et se trouvent au-dessus du vide. Fait à noter, elles ne sont pas alignées de façon régulière. Si on ne sait pas ce qu'on cherche, il est quasiment impossible de les distinguer.

Pour procéder à l'ascension, je vais avoir besoin de mes deux mains. Je ne peux pas tenir une arme et escalader ce mur.

Je mets le pied dans le premier trou et me hisse.
– Attends ! Tu ne penses pas sérieusement grimper ça ? me dit Sam.

– À moins de trouver un moyen génial pour affronter les maraudeurs, on est coincés ici. Je sais pas pour toi, mais ma réserve de munitions est sur le bord de s'épuiser. Quand ça va arriver – et ça va arriver, ce n'est qu'une question de temps –, on sera pas mieux que des pigeons à abattre. Donc, à moins que tu aies une idée de génie...

Il n'en a pas. Pas plus que moi.

Je reprends ma progression. Ça n'a pas l'air trop difficile. Sur mon écran, dès que j'ai identifié une cavité dans la paroi, une cible apparaît. Il me suffit de cliquer dessus pour que Stargrrrl avance d'un échelon.

Facile.

– Sois prudente, me crie Sam. T'es rendue au-dessus du vide.

Yé.

Dans ce cas-là, c'est le tout pour le tout. Je n'ai qu'une chance de parvenir au sommet. OK. Il n'y a rien qui presse. C'est pas comme si j'avais à me dépêcher...

– Zut !

– Quoi ?

Une minuterie est apparue au beau milieu de l'écran. Je n'ai que quinze secondes pour trouver le prochain point d'appui. Pas besoin de chercher bien loin pour savoir ce qui arrivera si je ne trouve pas la prochaine cavité dans le temps imparti. Mais j'aperçois le trou. Je clique et mon avatar continue son ascension périlleuse.

– Quoi ? répète-t-il.

Tout en continuant de chercher les trous dans la paroi qui vont me permettre d'escalader la montagne, j'explique ce qui arrive à Sam. La tâche se révèle être encore plus ardue, car la minuterie varie d'un point à l'autre. Si à certains endroits le jeu me donne jusqu'à quarante secondes (qui me permettent de reprendre mon souffle), je n'ai parfois que trois ou quatre secondes pour réagir.

Ça a beau n'être que sur un moniteur d'ordi (en très haute définition), quand on souffre du vertige, l'effet est le même. Dans ma chambre, j'ai l'impression de sentir le vent contre ma peau. J'ai les mains moites, le cœur qui bat à cent à l'heure. Une erreur et c'est la chute. La mort.

Ne regarde pas en bas, ne regarde pas en bas, ne regarde pas en bas.

Une des cavités a failli causer ma perte – il restait moins d'une seconde quand j'ai cliqué pour sauter. Mais j'y suis arrivée.

Douze minutes et quarante-trois secondes plus tard, Stargrrrl se hisse au sommet de la montagne. Je la laisse rouler au sol, et m'affale dans ma chaise, aussi épuisée que si j'avais réellement escaladé ce mur.

– T'as réussi ? me demande Sam.

– Ouais.

– Alors ? Qu'est-ce qui se trouve en haut ?

C'est un peu con de ma part de prendre une pause en haut de la falaise. Il y aurait très bien pu y avoir un comité d'accueil armé. Je suis très chanceuse. Il n'y a personne, pas de joueurs, pas de NPC. Je me retourne pour examiner le sommet de la montagne...

Tu me niaises !

– Et puis ?

– Faut que tu viennes voir ça !

Je n'en dis pas plus à Sam, qui grogne dans son micro, et je me mets à couvert. Sam réussit à franchir l'escalier dans la paroi en un peu moins de douze minutes.

– Alors, dit-il en se relevant, qu'est-ce qu'il y a de si... Wow !!!

Ça valait la peine qu'il vienne voir par lui-même. Je lui demande simplement :

– Alors ?

– *Nice.*

– En effet.

On a trouvé une piste d'atterrissage et un hangar. Nous sommes tombés sur un petit aéroport niché au sommet d'une montagne. *Sweet !*

– Est-ce que tu penses ce que je pense ? qu'il me demande.

– Oh que oui.

Nous empoignons nos armes et procédons à un examen minutieux du périmètre. L'aéroport est désert. Pas de signe de vie, pas de signe d'occupation active. L'herbe autour de la piste est haute, mal entretenue. Le hangar... est un hangar. S'il existe un hangar tout ce qu'il y a de plus hangar, on vient de le découvrir. La structure est un peu rouillée, mais rien de dramatique. Ce n'est pas comme la plupart des immeubles que l'on trouve dans les zones de combat et qui sont en ruines.

Peu de gens sont passés par ici. Il est fort possible que nous soyons les premiers. Nous gardons nos distances de la piste et du hangar et en faisons le tour en prenant soin de rester accroupis et à couvert. Aucune trace. Pas de pièges, pas de mines antipersonnel (ou nous avons simplement été chanceux et n'avons pas mis le pied sur l'une d'elles), pas de système de surveillance qui aurait signalé notre arrivée au propriétaire – je l'aurais su, j'ai un gadget dans mon équipement qui surveille les communications radio – et pas de tourelle antiaérienne.

Samuel m'indique qu'il est temps d'aller examiner l'intérieur du hangar. À mon signal, il court jusqu'à la façade pendant que je le couvre. Son avatar se colle l'oreille contre le mur métallique. Sam tente d'entendre des bruits à l'intérieur, de savoir s'il y a une présence. Négatif. Il me fait signe de le suivre.

Les portes du hangar sont fermées et verrouillées. Il n'y a aucune serrure que je pourrais crocheter.

– Hey, regarde par ici ! me fait Sam.

Il a trouvé un panneau de contrôle – nous espérons que ça en soit un. Vissé au mur se trouve un petit écran carré d'une dizaine de centimètres de large. Juste en dessous, il y a un contrôleur NES, une bonne vieille manette Nintendo.

– Pèse sur START, que je suggère à Sam.

L'écran s'allume. Il n'y a qu'un curseur qui clignote.

– Ça ne fait rien.

– Faut trouver le code…

Sam appuie sur les boutons rouges, sur les flèches, sur SELECT et sur START encore une fois, mais rien n'y fait. La porte ne bouge pas. Sur le petit écran, un message apparaît pour annoncer que le code d'accès est invalide.

J'essaie d'évaluer les combinaisons possibles, mais sans savoir la longueur du code, le résultat est impossible à deviner. Ça me fait penser à cette antiquité, Simon, un jeu électronique qui était populaire quand mon père était petit. Il y avait quatre couleurs sur une boule et il fallait répéter la séquence dans le même ordre que l'ordinateur. ROUGE-BLEU-ROUGE-ROUGE-JAUNE-VERT.

La solution doit être plus simple.

Ça me frappe ! Et pas une seconde trop tard. Sam vient de sortir un paquet d'explosifs de son sac.

Ah, les garçons ! Toujours à vouloir tout faire exploser.

– Quoi ? dit-il, l'air innocent.

– T'es ben impatient, que je lui dis. Laisse-moi essayer quelque chose.

– Vas-y fort. Mais si ça ne fonctionne pas… il termine sa phrase en mimant une explosion avec ses doigts.

J'espère que ça va fonctionner, parce que sinon, ça va demander un peu plus de recherche. Si j'ai raison, une dose de C4 ne changera rien à ce hangar.

Je croise les doigts et tape ce que je crois être le code. À la fin, j'appuie sur START. L'écran clignote en vert et nous entendons la serrure se déverrouiller.

– Ah! Ça a fonctionné! Je peux pas croire que ça a fonctionné!

– Qu'est-ce que tu as fait?

– Tu ne devineras jamais.

Il me regarde en attendant que je lui dévoile la réponse.

– Une vieille manette NES… que je lui dis comme si c'était une évidence.

– Ouais… dit-il lentement sans comprendre.

– Quel code te vient à l'esprit quand tu penses à un vieux Nintendo?

– Bah… Je sais pas là. C'est pas mal ça que j'essaie de deviner.

– Si je te dis « trente vies »?

Un éclair lui frappe l'esprit et il ouvre grand les yeux quand il parvient à trouver la réponse.

– Le code Konami? C'est ben niaiseux… C'est comme le code le plus connu de l'histoire de tous les codes.

– T'es juste jaloux que je m'en sois souvenue avant toi. T'étais prêt à faire exploser la baraque.

C'est vrai que HAUT, HAUT, BAS, BAS, GAUCHE, DROITE, GAUCHE, DROITE, B, A, START, c'est pas hyper sécuritaire.

174

Encore fallait-il le connaître et le sortir des boules à mites ! Somme toute, c'était surtout symbolique comme protection. Avec un peu de temps, n'importe quel gamer allait trouver la réponse.

La serrure déverrouillée, il est temps de voir ce que ce hangar renferme. Nous nous postons de part et d'autre de l'ouverture et tirons sur les grandes portes.

Chapitre 1-15

Les portes coulissent sans trop d'effort.

Honnêtement, je ne sais pas trop ce que je m'attendais à trouver dans le hangar :

<u>Liste de ce qu'on aurait pu trouver</u>
- des caisses et des caisses de munitions;
- un groupe de NPC prêts à nous attaquer;
- rien;
- une salle vide avec une trappe menant à une base secrète située au cœur de la montagne et alimentée en électricité par un volcan.

– Laurie, il y a un avion ! s'exclame Samuel.

De tout ce qu'on aurait pu découvrir, un avion était probablement tout en bas de ma liste. Et pourtant, j'aurais dû y penser. Après tout, il y a bien une piste d'atterrissage à l'extérieur, et nous sommes dans un hangar à avions.

« Élémentaire, mon cher Watson », dirait Holmes. En fait, il ne l'aurait jamais dit, mais ça, c'est une autre histoire.

Avant d'examiner l'engin de plus près, nous sécurisons la bâtisse. Juste moi, en fait. Sam est trop occupé à baver devant son nouveau joujou pour inspecter le hangar. Mieux vaut être certain que personne ne se cache dans un coin plutôt que de se faire descendre d'une balle dans le dos quand on sera en train de vérifier nos ailes. En moins d'une minute, je confirme que nous sommes les seuls ici. Le hangar n'a qu'une seule pièce tout au fond : un local muni d'un bureau recouvert de paperasse, de classeurs, d'armoires et de couchettes.

La paperasse peut attendre. Nous avons un avion à attraper.

C'est un modèle hybride avec deux moteurs à réaction. Moitié avion de transport, moitié jet, son fuselage est complètement noir, et vu de l'avant, on dirait un aigle qui nous regarde. L'accès se fait par la porte-cargo hydraulique à l'arrière. Il y a assez d'espace dans la soute pour y entrer une voiture !

Je rejoins Sam, qui est déjà assis dans le cockpit et étudie le tableau de bord, et prends place à ses côtés.

– Ça te dirait de faire un tour ? me demande-t-il.

– T'es certain d'être en mesure de le conduire ?

– On dit « piloter » un avion. Ce n'est pas un vulgaire véhicule à quatre roues, ça, madame. Je suis justement en train de me familiariser avec les commandes. Je veux m'assurer de tout comprendre.

Une seconde plus tard, il lâche un « ha ! » un peu intrigué (et intrigant). Sam2dePique se lève et regarde par le hublot, puis se rassoit.

– Ça va ?

– Oui, oui. Tout est beau. Attends une seconde, je veux des images de ça.

Par la fenêtre Skype que nous gardons toujours active, je vois Sam cliquer frénétiquement pour activer l'enregistrement, excité par ce qui s'en vient. Il a déjà installé devant lui ses manettes de pilotage : bras de commande à sa droite lui permettant de diriger l'aéronef et comportant une panoplie de boutons à la portée de ses doigts pour activer les armes et les contre-mesures, et à sa gauche, le contrôle des gaz, avec lequel il peut faire varier la puissance de quatre moteurs indépendamment l'un de l'autre. Il a aussi un système de pédales à ses pieds pour contrôler je ne sais trop quoi.

Personnellement, je trouve que c'est un peu *too much.*

Pour Sam, c'est l'essentiel. C'est un fanatique de simulation de vol. Je l'ai déjà vu reproduire des vols commerciaux sur son ordi, des vols qui pouvaient durer trois ou quatre heures. Il était là, assis devant son écran à surveiller le tableau de bord et les cent cinquante-huit senseurs et bidules qui clignotaient ou qui ne devaient pas clignoter. Le plus drôle, c'est quand il faisait tourner l'avion. Sans qu'il en soit conscient, tout son corps s'inclinait lentement sur le côté. Les gamers ont tous leurs tics et leurs manies qui peuvent paraître étranges, mais ça, c'est vraiment ce qu'il y a de plus *weird.*

Tout à l'arrière du jet, la porte-cargo se referme. L'image d'un cercueil me traverse l'esprit. Une petite boule d'angoisse naît au fond de mon ventre. Sam presse un bouton et les moteurs rugissent dans nos casques d'écoute. Je boucle la ceinture de Stargrrrl.

Sam pousse les gaz, le régime du moteur augmente. Lentement, il dirige l'avion à l'extérieur du hangar.

– Tu penses que la piste est assez longue ? que je lui demande.

Je n'aime pas les hauteurs, je n'aime pas me retrouver au dernier étage d'un gratte-ciel, je n'aime pas les avions, qu'ils soient faits de métal ou de pixels. Je n'ai pas eu mon baptême de l'air dans la vraie vie et je ne compte pas l'avoir de sitôt. S'il y a une chose qui n'est pas naturelle pour les humains, c'est bien de se déplacer dans les nuages. Même si c'est à l'écran, j'ai le vertige. Je n'aime pas ça, un point c'est tout.

– Une piste ? Là où on va, on n'a pas besoin... de pistes.

Les moteurs grondent et en un instant, l'avion s'élève, changeant la vue sur mon écran. Sam ne peut s'empêcher d'éclater de rire.

– On a touché le gros lot, Laurie ! C'est pas qu'un avion, c'est un ADAV !

Un ADAV, me précise Sam, c'est un « aéronef à décollage et à atterrissage vertical ». Voilà pourquoi on n'a pas besoin de piste. Le jet peut décoller comme un hélicoptère. Zoom !

Sam ne pourrait être plus heureux, c'est un véritable bijou à manier. En un rien de temps, nous laissons le village derrière nous et quittons cette fichue vallée. Sam manœuvre adroitement le véhicule à bas régime en zigzaguant entre les montagnes. C'est à croire qu'il était un oiseau dans une autre vie.

Pendant un moment, la pensée que les maraudeurs nous ont aperçus dans le ciel me perturbe. Mais grâce à cet avion militaire, c'est nous qui avons l'avantage. On pourrait probablement les éliminer en une seule attaque bien ciblée.

On a vraiment touché le gros lot. J'imagine qu'à un niveau supérieur et avec les poches bien remplies de crédits ou de dollars, on peut s'acheter ce genre de véhicule – après tout, tout se monnaye, que ce soit dans la vraie vie ou *La Ligue des mercenaires.* Il suffit d'avoir les fonds nécessaires.

En quelques minutes, nous avons parcouru des dizaines et des dizaines de kilomètres et nous nous échappons de ce trou perdu où nous étions pris depuis des jours. Enfin, la civilisation (ou ce qu'il en reste) ! Nous allons pouvoir poursuivre notre effort de guerre.

À la sortie du col montagneux, Sam suit une rivière qui nous mène tout droit à une ville voisine.

– Hey, Laurianne, regarde ça !

Le paysage vire à l'envers. Sam fait voler l'avion sens dessus dessous. Instinctivement, je m'agrippe à ma souris.

– Fais attention...

Mais pour toute réponse, il crie dans son micro :

– Wouhouhou !!!

Têtes en bas, nous filons à quelques mètres au-dessus de l'eau. Pour quiconque se trouve sur la rive, le spectacle doit être particulièrement impressionnant. Ce n'est pas tous les jours qu'on peut voir un jet voler à l'envers au-dessus d'une rivière ! Sam fait passer l'avion sous un pont suspendu à l'entrée de la ville, puis, dès que le jet se trouve de l'autre côté du tablier, il le retourne à l'endroit et tire sur le manche pour nous faire prendre de l'altitude, poussant les moteurs au maximum de leur puissance. L'écran s'obscurcit un moment, mon avatar passant près de perdre connaissance sous les effets de la force G qu'il subit. L'ascension verticale nous fait vite dépasser les nuages. Par le hublot, je vois l'atmosphère passer d'un bleu clair à une teinte plus foncée.

Sam coupe les moteurs; rattrapés par la gravité, nous perdons de la vitesse. Pendant un court instant, alors que nous nous trouvons entre notre montée et la chute qui s'en vient, nos avatars se retrouvent en apesanteur. Par le hublot, j'arrive à percevoir la courbure de cette planète virtuelle tant nous sommes hauts.

Réactivant les moteurs, Sam pointe le nez de l'appareil vers le sol pour amorcer notre descente. Soudain, un choc ébranle l'avion et toutes les alarmes se mettent à crier en même temps.

– Qu'est-ce qui arrive ?

– Je ne sais pas, me répond Sam.

Le jet part en vrille. Nous tombons.

– Oh non, non, non, non, non ! Les moteurs ne répondent plus ! Je vais tenter de les rallumer. Redémarrage de l'ordinateur de bord.

Sam énumère tous les logiciels virtuels qu'il éteint et redémarre, les systèmes qu'il outrepasse pour aller chercher de la puissance et ceux qu'il désactive dans l'espoir de retrouver le contrôle de l'avion. Dans mon casque d'écoute, je n'entends plus que le bruit des alarmes qui sonnent. Chaque indicateur sur le tableau de bord clignote au rouge. Ça n'annonce rien de bon. Si Sam n'arrive pas à reprendre le contrôle du jet, nous allons nous écraser.

Sur la fenêtre de la *Ligue*, Sam2dePique a une main sur le bras de commande et l'autre sur la manette des gaz. La scène est toute autre dans la réalité. Sam tente de redresser l'appareil d'une main. De la gauche, il utilise sa souris pour activer différents boutons sur le tableau de bord de l'appareil. Les moteurs sont toujours silencieux.

– Va falloir s'éjecter, me dit-il.

Il n'y a pas pire scénario.

A) une virée en jet (déjà loin d'être ma tasse de thé);

B) une défaillance technique dudit jet en haute altitude (c'est une idée pour me faire faire des cauchemars pour les semaines à venir);

C) s'éjecter.

– Je fais comment ?

– En haut de ta tête, il y a un levier. Tu l'agrippes et tu tires dessus. OK ? Dans trois, deux, un…

Le pare-brise du cockpit saute et le siège de Sam est propulsé dans les airs. Pas le mien. J'ai beau cliquer pour que Stargrrrl tire sur le levier, rien ne se passe. Mon siège est défectueux.

– Mon parachute ne s'ouvre pas ! crie Sam. Et Sam2dePique vient de s'évanouir.

Ce qui veut dire que son écran est noir et qu'il n'a plus aucun contrôle sur son avatar. Si nous n'étions pas en train de *skyper*, il ne pourrait même pas communiquer avec moi.

– Super. On va crever tous les deux, dis-je avec ironie. On n'aurait jamais dû embarquer dans ce tas de ferraille.

Je me résigne. La mort imminente de Stargrrrl me paraît inévitable. Toutes ces heures passées à gagner de l'expérience, à traquer mes ennemis, à remplir des missions en tout genre, tout cela sera perdu à cause d'un stupide avion qui a eu une stupide défaillance technique. Si au moins Stargrrrl avait pu mourir dans un combat sanglant, une bataille épique ! J'aurais pu me sacrifier pour sauver un frère d'armes pour qu'il puisse accomplir une action décisive. Mais non. Il faut que ce soit une mort indigne, une mort sans honneur. Le hasard qui décide de mon destin. Tout ce qu'on va retrouver de nos avatars, ce sera de la bouillie. Du pudding de mercenaires. C'est trop injuste.

Non. Je refuse de mourir ainsi. Je ne suis pas le genre de fille à abandonner de sitôt. Surtout pas dans mon jeu vidéo préféré.

Je repousse cette image de Stargrrrl et de Sam2dePique écrasés sur le sol. L'avion qui tombe et tourbillonne complique les mouvements de Stargrrrl. Elle se fait brasser la carcasse. Une chance que la ceinture la retient, ou elle aurait eu vite fait d'être aspirée à l'extérieur du jet. L'air siffle dans le cockpit et dans mon casque d'écoute; Sam geint à l'idée de voir son avatar finir en purée. L'image à l'écran est secouée de part et d'autre.

Statistiquement, les chances que mon plan réussisse doivent être d'une sur trois mille sept cent vingt. Peut-être moins.

Peut-être que ce n'est pas le temps de calculer des statistiques inutiles, Laurianne.

Stargrrrl arrive à empoigner le levier de contrôle du copilote. Au même moment, dans ma chambre, je repousse mon clavier et saisis ma manette. Elle ne sert pas autant que celle de Sam, mais elle est toujours connectée à mon ordi, au cas où. Et le « cas où » vient d'arriver.

L'aiguille de l'altimètre tourne comme un ventilateur. Sam me donne des indications pour essayer de me guider dans la procédure, mais je ne l'entends plus. Je clique, j'enfonce et je tourne les boutons. La moitié des alarmes se taisent enfin quand les moteurs se remettent à tourner. J'active les gaz et tente de compenser le mouvement giratoire de l'appareil en le réorientant.

D'une manière que je ne m'explique pas, je réussis à stabiliser l'avion. Les dieux des jeux vidéo doivent être avec Stargrrrl. Aussitôt, je pousse le bras de commande, ce qui a pour effet de pointer le nez de l'avion vers le sol, et je mets les gaz à fond.

– Sam, je m'en viens. Inquiète-toi pas.

J'essaie de me faire rassurante, mais c'est une manœuvre casse-cou que je vais tenter, une manœuvre digne de *Mission : Impossible*, si ça se peut.

– Dépêche-toi, Laurie ! me prie-t-il.

Sam2dePique a repris conscience. Il s'est défait du siège de pilote et a adopté une position ventrale, membres ouverts, pour ralentir le plus possible sa chute, nous donnant quelques précieuses secondes supplémentaires.

– T'es où ? Je ne te vois pas. Allume une fusée routière.

La lumière rouge est comme une mire, un phare dans la nuit. Je plonge vers l'avatar.

La manœuvre est aussi difficile qu'on l'imagine, mais c'est la seule option qui s'offre à nous. Et, franchement, je n'ai pas assez de temps pour essayer d'en trouver une autre.

Arrivée à sa hauteur, je coupe les moteurs pour synchroniser nos vitesses. Vu du cockpit, on dirait que le corps de Sam2dePique flotte.

Je positionne l'ouverture béante du cockpit créée par l'éjection du siège de Sam2dePique, mais le vent le pousse de tout bord tout côté. Il est juste au-dessus de moi. Je peux presque saisir sa main.

Pendant une seconde, nous traversons des nuages et je perds le contact visuel.

– Plus près ! Plus près ! Approche encore un peu ! me dit-il.

C'est maintenant ou jamais. Je touche à peine le levier des commandes.

Mille mètres…

Encore un peu. Je peux voir le blanc des yeux de son mercenaire.

Huit cents mètres…

– Prends ma main !

Elle est presque à ma portée. Je défais ma ceinture de sécurité, me lève et attrape le bras de Sam2dePique. De toutes les forces de ma mercenaire, je l'amène à l'intérieur du cockpit, puis, sans attendre, je tire sur le levier pour redresser le nez de l'avion. Le jet change de direction trop lentement, se cabre, mais continue sa chute. Le sol se rapproche dangereusement. Je peux discerner des avatars au sol qui ont cessé leur combat et qui espèrent nous voir nous écraser. En dernier recours, je mets la puissance maximale sur les turbines nécessaires à un décollage vertical.

Sur le tableau de bord, les cadrans reviennent à la normale. L'aiguille de notre variomètre indiquant notre vitesse de chute tombe à zéro. L'altimètre s'est lui aussi stabilisé. Nous faisons du surplace à moins de cinquante mètres du sol.

– Woah…

– Tu l'as dit.

– C'était… c'était… commence-t-il.

C'était épeurant. Terrifiant. Ça me fait une autre bonne raison de ne pas aimer les avions. On ne sait jamais ce qui va arriver.

– C'était in-cro-ya-ble ! Pis j'ai tout enregistré ! Ça devait être le plus incroyable sauvetage de l'histoire des sauvetages ! Ha ha ha ! « Éjecté de son avion, il est récupéré en pleine chute libre par sa copilote ! » Wouhou !!!

Ouais. OK. C'était plutôt excitant.

Après avoir repris nos esprits, je propose à Sam de ramener le jet à la base où on l'a trouvé. On va peut-être y trouver des pièces pour le réparer.

Chapitre 1-16

– Debout, grosse paresseuse ! me dit papa pour me réveiller. Tu vas être en retard.

J'ai la tête cachée sous ma couette, là où il fait chaud. Mes couvertures sont enroulées autour de moi, scellées hermétiquement pour conserver la chaleur. Précieuse chaleur... Et pourtant, je tremblote.

Je trouve l'énergie minimale pour répondre à mon père :

– ... urhiiinthnng...

Ma tête va exploser. Ça va arriver d'un moment à l'autre. Je le sens dans mes os. Et ce sera exactement comme dans ce vieux film des années 1980. Ma chambre sera repeinte en rouge sang et en rose cerveau. Ce sera charmant.

Papa tire doucement les couvertures et pose une main sur mon front.

Je soupçonne que quand on devient parent, on développe de nouveaux sens dont on ne nous parle pas à l'école. Il y a cette ouïe extrasensorielle (même quand on ne fait pas un son, les parents savent qu'on prépare un mauvais coup), la télépathie (comment font-ils pour savoir aussi facilement que l'on ment ?), les bisous guérisseurs, et cette capacité surnaturelle à évaluer la température de son enfant d'un seul toucher.

La main de mon père est-elle plus précise qu'un thermomètre ? Son diagnostic est sans équivoque : gros rhume.

Pourquoi les scientifiques ne se penchent-ils pas sur ces pouvoirs ?

Ayant hérité de la déplorable génétique de mon père en matière de tolérance aux virus, je peux faire une croix sur ma journée. Car, chez les Barbeau, nous ne sommes tout simplement pas faits pour être malades. À la moindre infection, notre système déraille complètement. Et plus il est vieux, plus le déraillement est violent. Si je suis pitoyable et pathétique à voir, mon père l'est cent fois plus. Nous sommes des Internet Explorer humains.

Mon père appelle à l'école pour déclarer mon absence et revient me donner des Tylenol, que je ne me souviens pas avoir avalés tant je me suis rendormie vite.

C'est une envie de pipi pressante qui me tire du lit.

J'évite de regarder mon reflet dans le miroir, car je sais très bien de quoi j'ai l'air : yeux collés et cernés, nez rouge, lèvres gercées, bouche pâteuse. En ce moment, un zombie est probablement plus *cute* que moi.

Après m'être brossé les dents, je traîne ma carcasse jusqu'au salon où je m'écrase sur le divan et me roule en boule dans la couverture, une boîte de Kleenex à portée de main.

Pouuurquoi moi ?

Je déteste être enrhumée. J'ai horreur d'avoir le nez bouché. Il n'y a rien de pire dans la vie que de sentir ses sinus servir de piscine à morve.

Après une bonne trentaine de minutes passées à fixer le plafond et à me dire que Yan a vraiment un bon coup de rouleau, je dois me rendre à l'évidence : je ne me rendormirai pas de sitôt. Mon corps est gorgé de sommeil.

Une alerte sur mon téléphone m'indique l'arrivée d'un texto. Sur l'écran, je vois qu'il est passé onze heures. Peut-être que je pourrais prendre mes messages. Ça ferait passer quelques minutes de souffrance.

Il y en a quatre. Charlotte et Margot m'ont envoyé une photo de leurs plus belles grimaces en me souhaitant de guérir vite. Voyant que je n'étais pas à mes cours ce matin, elles ont rapidement deviné que j'avais attrapé le rhume d'Elliot. Je leur texte un simple

snif...

accompagné d'un gros plan de mon pif rougi.

Elliot, lui, m'offre ses condoléances et m'informe de boire beaucoup de jus d'orange, afin de me décongestionner et d'éclaircir mes muqueuses.

Ark ! Muqueuses !

Je lui réponds :

L'abonnée que vous tentez de rejoindre est dans un coma neurovégétatif profond.

Il y a aussi un texte de Sam qui veut savoir à quelle heure je vais me *logger* ce soir. Je lui écris :

Je suis malaaaade.

Je n'ai pas à en dire plus. Il sait.

Le quatrième texto est de mon père. C'est lui qui vient de rentrer.

Est-ce que ma fille adorée va survivre à l'horrible virus qui en veut à sa peau ?

Il y a de la soupe poulet et nouilles pour ton dîner dans le frigo. C'est prouvé scientifiquement que ça aide à guérir.

Bisous

Comme on se voit tous les jours, papa et moi, on ne se texte pas tant que ça. Les textos, on s'en sert surtout pour les urgences, comme pour se souvenir de ne pas oublier d'acheter du lait à l'épicerie ou des *chips* au dépanneur. J'imagine qu'il ne voulait pas prendre le risque de me réveiller en me laissant un message sur la boîte vocale de l'appartement.

Dans le frigo, il y a une casserole pleine de soupe jaune chimique, mais je n'ai pas faim. Je me force quand même à manger une banane. Je me promène d'un bout à l'autre de l'appart sans trop savoir ce que j'ai le goût de faire. Pour ne pas perdre complètement ma journée, je tente de faire quelques exercices de maths, mais les chiffres dansent devant mes yeux. On ne peut pas dire que je n'aurai pas essayé. La seule option qui s'offre à moi, c'est de retourner m'écraser dans le salon, ce que je fais aussitôt. Aussi bien en profiter pour faire du rattrapage dans mes séries. J'installe le premier épisode de *Game of Thrones*, que j'ai téléchargé (illégalement) sur internet.

Je sais. Je suis terriblement en retard. Tout le monde attend après l'auteur qu'il termine d'écrire sa série de livres pour qu'HBO puisse les adapter, et moi, j'en suis encore au tout premier épisode de la saison un. Mais c'est parce que je tenais à lire les romans avant de me lancer. L'univers de Westeros est si complexe, si riche qu'il est impossible que les émissions rendent justice aux mots. Connaissant toutes les intrigues, les surprises et les revirements, je suis enfin prête à me gaver.

Oh, wow ! Les effets spéciaux sont magnifiques. C'est exactement comme ce que je m'étais imaginé. Les cavaliers sortent de la porte et...

... je me réveille sur le générique de fermeture. Quoi ? J'ai dû m'endormir. Un drame politico-fantastique, c'était peut-être trop en demander à mon cerveau comateux. Impossible de profiter de cette journée de congé. Être malade, c'est vraiment poche.

Je me résous à zapper d'une émission insignifiante à l'autre. Je fais le tour des chaînes dix fois avant de me rendre compte que je fixe l'écran de télévision sans vraiment regarder ce qui y joue.

Cette journée est in-ter-mi-na-ble...

La faim me convainc de réchauffer un bol de soupe, que j'amène dans ma chambre, où j'allume mon ordi.

En plein milieu d'après-midi, il n'y a pas grand monde que je connais qui traîne sur le serveur de *La Ligue des mercenaires.* Ce qui n'est pas une surprise. Et ceux qui sont là sont trop forts pour moi. C'est un véritable désastre. Je suis nulle. Mes plans d'attaque se retournent contre moi, je me perds dans les niveaux (que je connais pourtant par cœur), je me fais tuer des dizaines de fois sans même avoir le temps de réagir. Je suis l'équivalent d'une NPC. Une NPC qui n'a aucun contrôle sur ce qu'elle fait. Un *bug* sur deux pattes qui traîne dans le jeu. Une chance que je joue sur le Sanctuaire !

« C'est assez ! » que je me dis enfin après m'être fait descendre une énième fois.

Ça ne sert à rien de tenter de me battre aujourd'hui.

Mieux vaut changer de module et aller examiner ce qui est arrivé à notre jet hier soir. Quoique c'est un peu risqué. Si on me surprend là, je ne serai pas en état de me défendre... Pendant deux secondes, l'image de Stargrrrl agonisant au sommet de la montagne m'apparaît.

Nan. Il n'y aura personne.

C'est le pari que je prends.

En cliquant sur *Terra I*, je me croise les doigts.

Il était plutôt tard quand Sam et moi avons ramené l'avion à la montagne. Nous nous sommes mis d'accord pour faire de ce hangar notre nouvelle base d'opérations. Le pic montagneux est isolé, difficile d'accès, et la région est plutôt inhabitée, ce qui en fait un endroit idéal pour y entreposer nos biens. Avant de nous déconnecter, nous avons verrouillé la porte du hangar, mais vu la simplicité du code d'accès, il va nous falloir trouver un moyen de le reprogrammer pour nous protéger plus adéquatement.

Stargrrrl apparaît dans le bureau du hangar, au dernier point de sauvegarde. Pour ne pas prendre de risque, j'empoigne une arme semi-automatique et patrouille le périmètre. Lorsque je suis certaine d'être seule, je me détends enfin. Je vais pouvoir tenter de comprendre ce qui nous est arrivé. Il me faut aussi trouver un moyen de réparer l'avion. Avec Sam qui s'est éjecté hier, le cockpit n'a plus de pare-brise et est exposé aux éléments. Mais comme le disent nos politiciens : « Concentrons-nous sur la première priorité. »

En grimpant sur l'aile du jet, je trouve aisément le point d'impact. Il y a un trou gros comme la main de Stargrrrl dans l'aile. Je suis surprise que celle-ci n'ait pas explosé lors de la collision. Les circuits les plus importants de l'aéronef n'ont pas l'air trop endommagés non plus, puisque nous avons réussi à revenir à bon port.

En jetant un coup d'œil dans la brèche, je vois quelque chose de grisâtre. Ça n'a pas l'air de faire partie des pièces de l'avion. En glissant le bras de Stargrrrl, j'arrive à mettre les doigts sur la chose, mais elle est coincée. Je descends de l'aile. Sous l'avion, je trouve ce qui a presque failli coûter la vie à nos avatars. À l'aide de la crosse de mon semi-automatique, je lui balance un bon coup. Le bruit résonne dans tout le hangar. Ça semble avoir été suffisant, car la pièce est délogée. Je remonte sur l'aile et en extrais une petite sphère métallique d'à peine trois centimètres de diamètre. À sa surface, une ligne divise la sphère en son centre. Les deux moitiés sont divisées en six parties égales, et chacune d'entre elles comporte un symbole qui m'est inconnu en son centre. L'impact n'a pas l'air d'avoir endommagé la sphère.

Qu'est-ce que c'est ?

J'examine la boule, la retourne dans mes doigts, presse sa surface. Rien.

Tout ce que je sais, en ce moment, c'est que la gorge me brûle et que les yeux me piquent. Je reste là un moment et ferme les yeux. Je respire profondément. Je cogne des clous. Mon esprit valse et je vois des chiffres qui dansent, des nombres premiers, nombres qui ne sont divisibles que par 1 ou par eux-mêmes. Il y a 2, 3, ensuite 5 et 7, 11, 13... et... 17 ? Oui. 19 aussi. Et tous les nombres ont leur propre couleur, comme bleu, jaune, rose. Pourquoi rose ? Ou bleu ? Je vois les symboles de la sphère qui virevoltent comme des papillons. Je suis tellement en train de rêver. J'en attrape un, puis un deuxième et un troisième.

Un bruit me fait sursauter. Je me retourne et constate que la porte du hangar est ouverte.

– Sam ?

Sam n'est pas là, bien sûr.

Ce qui est encore plus étrange, ce sont les couleurs de mon écran. Les images fluctuent comme si je venais d'enfiler l'anneau unique. La fièvre est revenue et je rêve à la *Ligue*.

Dans mon rêve, je le vois. C'est notre proie. Le mercenaire que nous suivions hier est revenu sur ses pas et nous a retrouvés. Il contourne l'avion rapidement, mais ne paraît pas m'avoir vu.

Alors qu'il se dirige vers le bureau, je lui tire un coup dans le dos. Aussitôt, il se retourne, mais ne fait pas feu. Qu'est-ce qu'il attend ? Je saute en bas de l'aile du jet et fais feu à nouveau.

Cette fois-ci, il tire lui aussi, mais plutôt que de me viser, il décharge son arme tout autour de lui, sans jamais m'atteindre, sans même me mettre dans sa mire.

– Quoi, il y a des fantômes en plus ? que je l'entends se dire à lui-même, un peu paniqué.

Son avatar se promène d'un coin à l'autre du hangar, gardant toujours son dos au mur, essayant de repérer son ennemi.

Je ne me sens vraiment pas bien. Ces couleurs me font tourner la tête et me donnent la nausée. Dans mon rêve, je n'ai pas envie de jouer au chat et à la souris. Mieux vaut en finir avec ce mercenaire cauchemardesque et aller dormir dans mon lit. En quelques tirs bien placés, je réussis à le descendre.

Mon lit m'appelle. J'avale deux autres Tylenol et me glisse sous mes couvertures. Je souhaite simplement ne pas faire d'autres cauchemars.

Chapitre 1-17

Quand je suis malade, je suis malade intensément, mais pas trop longtemps. Mon système immunitaire est assez nul, c'est vrai, et il attrape à peu près tout ce qui court, mais il se remet vite sur pied.

Si mon rhume est de l'histoire ancienne, Elliot survit de peine et de misère depuis le début de la semaine. À quel prix ? C'est de l'acharnement. Il s'obstine. Il refuse de prendre une seule journée pour se reposer. Pourtant, ça lui ferait le plus grand bien. Le pauvre est obligé de traîner sa boîte de Kleenex avec lui, tant son nez coule ! Il attend probablement la fin de semaine pour se remettre d'aplomb.

Moi aussi. Plus que quelques heures et nous serons libres.

Entre-temps, nous avons un travail à faire pour le cours de français. Parce qu'en plus de l'analyse du roman que l'on doit remettre lundi, madame Languedoc veut qu'on rédige quelques pages sur le contexte historique. Une chance, c'est un travail d'équipe. Et elle a permis que je me joigne à celle formée par Charlotte, Margot et Elliot, même s'ils étaient déjà trois. Il y aurait eu tout un malaise si elle m'avait forcée à faire le travail avec Sarah-Jade !

Voilà donc deux midis que nous nous réunissons à la bibliothèque. Margot a réservé un cubicule.

La pièce est petite. Il y a tout juste assez de place pour nous quatre. L'air est surchauffé et sent le renfermé. Malgré la chaleur ambiante, des frissons me parcourent le corps. J'ai donc gardé mon foulard. À côté de la porte, il y a une grande fenêtre qui permet de voir si le cubicule est occupé par quelqu'un (et qui permet à madame Claude, la bibliothécaire, de surveiller les élèves).

Hier, malgré notre état semi-comateux à Elliot et à moi, notre séance a été très productive. Il faut dire que Margot s'est occupée toute seule de la rédaction des premières pages du travail. Aujourd'hui, c'est autre chose. Charlotte mâchouille son crayon, Elliot a les yeux cernés et se tient la tête dans les mains, et ça fait une bonne dizaine de minutes que Margot dessine dans la marge de ses feuilles au lieu d'écrire. Je ne suis pas mieux : je fixe le couloir d'un air absent et regarde les élèves passer en essayant de voir quels livres ils empruntent.

– Je n'aime pas quand les romans se terminent bien, dit Charlotte en nous prenant tous par surprise.

– Qu'est-ce que tu dis ? que je lui demande.

– Simplement que c'est plate quand un auteur boucle tous les nœuds de son histoire et qu'il ne laisse pas suffisamment de place pour la relancer.

– Oui, mais on le sait bien, dit Elliot en reniflant, toi, tu adores les séries.

– C'est vrai. Mais même un *one shot* ne devrait pas trop bien finir. Pas vrai ?

– Hmm… que je réponds.

– Écoutez. Je lisais à propos de la scénarisation hier…

– T'en avais du temps à perdre, toi, l'interrompt Elliot.

– J'avais du temps de libre, rétorque-t-elle. Tu me laisses finir ?

Charlotte, c'est une touche-à-tout. Quand on lui parle, on a l'impression qu'elle a tout lu, qu'elle connaît tout, qu'elle s'intéresse à tout – ce qui est vrai, parce qu'elle s'intéresse vraiment à tout !

– Donc je disais que le cinéma américain s'est construit sur des scénarios en trois temps : introduction, conflit, résolution. La résolution est souvent la plus petite des trois parties, parce que c'est la moins intéressante.

Notre travail ne s'en va nulle part ! J'abandonne.

– Ta théorie, c'est sur les livres ou sur les films ? que je lui demande, un peu perdue.

– Les deux, me répond-elle.

– Ce que tu dis, c'est qu'on devrait arrêter de regarder les films dix minutes avant la fin ? dit Elliot.

– Hein ? Ben non, tu comprends rien. OK. Quel est le meilleur *Star Wars* ? nous demande-t-elle.

– *L'Empire contre-attaque*, répond Elliot en même temps que moi, alors que Margot dit de sa petite voix : *Le retour*…

– Attends, attends, attends... Tu as préféré *Le retour du Jedi* à *L'Empire* ? demande Elliot, estomaqué par le choix de Margot.

– Ben oui, répond Margot. Il y a des Ewoks.

– Je vais faire comme si tu n'avais rien dit, dit Charlotte en soupirant.

– C'est super *cute*, des Ewoks !

Charlotte la coupe aussitôt, se bouche les oreilles :

– Non non ! La la la la la la la la ! J'entends rien ! crie-t-elle, ce qui nous fait tous nous tordre de rire.

– Je les aime quand même... conclut Margot entre deux éclats.

Lorsque nous reprenons notre souffle, nous nous disons qu'il faudrait bien nous y mettre et essayer d'avancer un peu dans ce travail de français, même si c'est long, même si c'est plate à mort. Parti comme c'est là, il va falloir qu'on mette quelques heures dessus en fin de semaine pour arriver à l'achever.

En replaçant ma chaise, je grimace un peu de douleur lorsque j'accroche un de mes bleus sur la table.

– Ça fait toujours mal ? me demande Margot en se penchant un peu vers moi.

Je relève une manche de ma chemise pour lui montrer le bleu, qui est plutôt de couleur mauve, sur mon coude.

C'est au tour de Margot de faire la grimace.

– Isssshe...

Ce n'est pas aussi pire que ça en a l'air. Ça va aller mieux d'ici un jour ou deux. Le truc, c'est... En fait, il n'y a pas vraiment de truc. Je me suis pété la gueule des dizaines de fois en *skate*, et ça n'existe pas, les remèdes miracles. On a beau mettre du chaud, du froid, de l'onguent, un sac magique, peu importe, ça fait toujours mal.

La grimace de Margot se transforme en rire nerveux. Une sorte de rire à mi-chemin entre un grognement et le son que l'on fait quand du lait nous sort par les narines. Est-ce que mes bleus sont si bizarres qu'ils en sont comiques ? Son ricanement est si étrange qu'il me fait rire moi aussi. Mon fou rire n'était pas allé se cacher bien loin. Il n'a eu besoin que d'une petite poussée pour revenir.

Entre deux larmes, j'aperçois Margot qui, gênée, salue quelqu'un de la main dans le couloir. En me retournant, j'aperçois de l'autre côté de la fenêtre du cubicule Simon qui lui renvoie la main et lui fait même un grand sourire.

Eh bien, on dirait que notre petite souris s'est enfin fait remarquer !

– Es-tu allée lui parler, que je lui demande discrètement.

– Je voulais, mais… non. Je… Je suis trop gênée. Il est toujours avec sa gang.

– Tu devrais y aller maintenant, que je lui suggère.

– Es-tu folle ? qu'elle me dit un peu trop fort. Qu'est-ce que je lui dirais ?

Margot est incapable de camoufler ses émotions. Le rouge lui monte aux joues. L'idée même d'aller voir son *kick* lui donne des sueurs.

– Dire quoi à qui ? demande Elliot en s'invitant dans la conversation.

– À Simon, précise Charlotte.

– Le grand Simon en quatre ?

– Lui-même en personne.

– Pourquoi est-ce que Margot irait lui parler ?

– Parce qu'elle a un *kick* dessus ! répond Charlotte.

Et moi qui pensais être la seule dans le secret des dieux ! Charlotte savait, évidemment. Margot et elle se connaissent depuis leur entrée au secondaire. Elle ne disait rien parce que Margot n'est pas vraiment à l'aise de parler de ce genre de choses.

– N'importe qui ayant deux yeux était capable de le deviner, fait-elle d'ailleurs remarquer.

– Moi, je savais pas, dit Elliot.

– C'est parce que t'es un gars. Tu remarques pas ça, ces affaires-là.

– Tu devrais lui proposer une sortie au cinéma, que je lance comme idée.

C'est l'idéal. Facile de trouver un film qui fera consensus. Ça diminue les risques d'avoir une conversation inconfortable, ça augmente les chances qu'il lui prenne la main dans le noir. Et si la sortie est un fiasco, elle pourra toujours se sauver en allant aux toilettes en plein milieu du film !

Margot se tortille sur sa chaise, inconfortable qu'on ose ainsi aborder un sujet aussi personnel.

– Si tu n'y vas pas, c'est moi qui vais l'inviter, que je lui dis en défi.

– Tu ferais pas ça, dit-elle, apeurée.

– Ben non.

– Moi oui ! dit Elliot en se levant de sa chaise.

– Quoi ? dit-on les trois ensemble.

– Certainement ! J'aime ça, les beaux mecs plus vieux. Grrrr ! Il doit embrasser comme un dieu grec. Et que dire de ses mains ? Tu as vu comme il est musclé ? Retenez-moi, je me peux plus ! blague-t-il.

– T'es pas *cool*, Elliot, dit Margot en riant.

– Je niaise, là. Mais comment tu veux qu'il s'intéresse à toi s'il ne sait même pas que tu existes ? rétorque-t-il.

– Il m'a fait salut, tantôt.

– Margot Désilets-Falardeau, ça fait au moins six mois que tu tripes dessus ! Attends-tu qu'il soit au cégep pour te déniaiser ? lui demande Charlotte.

– C'est pas de ma faute ! se défend Margot. Quand je prends mon courage à deux mains pis que je vais pour lui parler, j'ai comme la tête qui se vide.

– On peut y aller avec toi, pour te soutenir psychologiquement, que je lui propose.

– On peut même te donner des cartons avec des notes si tu ne sais pas quoi dire.

Charlotte et moi faisons un câlin à Margot pour l'encourager.

– Vous êtes les meilleures, les filles.

Soudainement, l'atmosphère tourne au vinaigre dans le cubicule.

– Ah oua-che ! Ça pue donc ben. Qui a pété ? que je demande.

Nous nous regardons toutes un instant. Yark ! L'odeur est insoutenable. Immonde ! Charlotte se retourne vers Elliot.

– Franchement, Elliot !

– Quoi ? fait celui-ci.

– T'as ben pas de classe ! T'aurais pu te retenir. Il y a ben juste toi pour en lâcher un gros comme ça. Sérieux ! J'ai envie de vomir ma vie.

– Je vous jure que c'est pas moi, les filles, se défend-il.

– Essaie pas de nous passer ton pet sur le dos, lui rétorque-t-elle.

Une fumée jaunâtre et opaque sort de sous la table. Elle est infecte. Ça sent les œufs pourris.

– Ouache ! C'est une bombe puante ! s'exclame Margot en toussant.

– Ouvre la porte, vite !

– C'est coincé, dit Charlotte.

Nous poussons la porte, mais celle-ci refuse de bouger. La fumée envahit rapidement le cubicule. L'air est lourd et nous pique les yeux. Il est de plus en plus difficile de respirer. Je jette un coup d'œil par la fenêtre.

– Quelqu'un a bloqué la poignée avec une chaise.

Margot tousse de plus en plus fort. L'alarme d'incendie se déclenche.

Pour tenter de contenir la fumée, je renverse la corbeille à papier à l'envers et en recouvre la bombe fumigène. Je donne mon foulard à Margot pour qu'elle se couvre la bouche, mais elle continue de cracher ses poumons.

– Défonce la porte, Elliot !

Comme s'il n'attendait que ce moment depuis toujours, Elliot recule pour prendre son élan. En laissant aller un cri de guerre, il s'élance de tout son poids sur la porte du cubicule, mais s'aplatit dessus. C'est à peine si la porte a bougé.

– Ouch ! Ça marche pas comme dans les films, gémit-il en se frottant l'épaule.

– Arrête de te plaindre, pis frappe encore ! qu'on lui dit.

À genoux dans un coin du cubicule, Margot pleure et tousse à la fois ; Charlotte se cache le visage du mieux qu'elle peut avec la manche de son chandail. Elliot se jette de nouveau sur la porte, qui tient bon.

– Ensemble, que je lui dis.

On recule d'un mètre, et sur le compte de trois, on fonce.

BANG !

– Ça a bougé, crie Charlotte.

– Encore ! Un, deux, trois !

Chapitre 1-18

Voilà dix minutes que nous attendons dans le bureau de monsieur Monette. Je ne pense pas qu'il pense que nous sommes à l'origine de l'alarme d'incendie. Et je pense que Charlotte et Elliot pensent la même chose que moi.

En attendant de connaître notre sort, nous n'osons rien dire.

Je suis si stressée que je ne vois même pas les photos de chats qui décorent le bureau du directeur.

Margot est à l'infirmerie en compagnie de la bibliothécaire. Même si elle n'a pas vomi, elle se sentait tout à l'envers. Il faut dire qu'elle a eu plusieurs haut-le-cœur. Quant à madame Claude, on lui a peut-être fracturé le nez. Au moment même où nous avons enfoncé la porte du cubicule, la bibliothécaire retirait la chaise pour nous libérer. Elle va sûrement gagner un œil au beurre noir dans cette mésaventure. C'est sa récompense pour nous avoir sauvés.

Je n'ai jamais vu Charlotte rester silencieuse aussi longtemps.

– C'est ridicule ! On n'a rien fait... ne peut-elle s'empêcher de dire, alors que le directeur discute avec le capitaine des pompiers de l'autre côté de la porte.

C'était fou ! Avec l'alarme qui s'est déclenchée, tout le monde a été obligé d'évacuer l'école. Protocole de sécurité oblige, madame Claude a fait le tour de la bibliothèque afin de s'assurer que tous les élèves étaient bien sortis. Vu la quantité de fumée qui émanait du cubicule, la rumeur que l'école avait pris feu s'est rapidement mise à circuler. Après avoir mangé la porte dans le front, madame Claude voyait des étoiles, alors nous l'avons aidée à descendre les escaliers et à sortir à l'extérieur. Les camions de pompiers, gyrophares et sirènes en action, sont arrivés dans la cour en même temps que nous. De l'extérieur, nous pouvions voir la fumée jaunâtre s'échapper par les fenêtres de la bibliothèque, située au dernier étage de l'école.

Chaque début d'année, les pompiers viennent visiter l'école lors de la pratique d'évacuation. Ça se passe généralement calmement et on ne voit qu'un officier en chemise blanche prendre des notes pour son rapport. (Il y a une fois où ça a été plus sérieux parce que Sam avait déclenché l'alarme, mais faut préciser qu'on était en maternelle. Comment lui en vouloir d'avoir succombé à cette manette rouge si attrayante?)

Mais quand la cavalerie débarque en uniforme, munie d'un masque et d'une bonbonne à oxygène, et portant une hache à la main, ça excite. Les cells sont sortis des sacs en moins de deux. Les élèves ont filmé les pompiers, photographié les camions et se sont pris en *selfie* devant l'immeuble emboucané.

Elliot soupire. Charlotte tape nerveusement des doigts sur le bureau de monsieur Monette. Je commence à trouver qu'on nous garde un peu trop longtemps en détention. C'est un piège ! Il va appeler la police. Il va tellement appeler la police, et nous, on attend dans son bureau comme des zozos et on va se faire arrêter pour un crime qu'on n'a pas commis et papa va me voir aux nouvelles à la télé et ils vont fouiller chez moi et saisir mon ordinateur et mon visage va se retrouver partout sur internet. Oh non ! C'est encore pire. Il a déjà appelé la police ! On doit se sauver d'ici.

Mon cœur s'emballe. Je me lève d'un bond et vois monsieur Monette qui serre la main du capitaine des pompiers, puis qui ouvre la porte de son bureau. Nous sommes cuits. Je m'écrase dans ma chaise, telle une condamnée. Il contourne son bureau, s'assoit et inspire profondément. Avant qu'il ne puisse dire un seul mot, Charlotte, Elliot et moi nous lançons dans un plaidoyer aussi décousu que senti :

– C'est pas de notre faute ! Oui, on était là... C'est pas nous ! Voyons, monsieur le directeur, c'est pas notre genre de faire ce genre de coup là. On ne sait pas qui a fait exploser la bombe. Vous ne pouvez rien prouver ! S'il vous plaît, expulsez-nous pas ! Mes parents vont me tuer ! C'est une injustice ! S'il vous plaît, s'il vous plaît, s'il vous plaît ! Est-ce qu'on devrait pas avoir droit à un avocat ? La porte était verrouillée... Il me semble que ce serait justifié. Margot arrivait plus à respirer. Je veux un avocat ! On ne savait pas que madame Claude était derrière. Tu as un avocat, toi ?

Le directeur lève les mains pour nous inciter au silence. Le geste est simple, mais terriblement efficace.

– C'est pas nous, ajoute rapidement Charlotte.

– Nous le savons, dit-il.

– Vous le savez ? dit Elliot, incertain d'avoir compris.

– Bien sûr qu'il le sait, niaiseux ! lui lance Charlotte en lui donnant un coup de pied sur la jambe.

Monsieur Monette s'éclaircit la gorge.

– Nous avons parlé avec madame Claude, qui nous a dit qu'un objet obstruait la sortie de votre salle d'étude.

– Une chaise, précise inutilement Elliot.

– Très exactement, monsieur Morin. À moins que vous ne vous soyez vous-mêmes enfermés dans ladite salle d'étude – chose improbable, vu la présence de cette chaise à l'extérieur et la vôtre à l'intérieur... Peut-être que l'un d'entre vous est devenu un passe-muraille, dit-il en faisant des guillemets avec les doigts.

Elliot, Charlotte et moi nous regardons, confus, avant de faire non de la tête.

Monsieur Monette accepte notre réponse. Avant de poursuivre, il revient à la charge, espérant nous démasquer, le doigt accusateur :

– En êtes-vous bien certains, jeunes gens ?

Nous opinons vigoureusement.

– Bon ! Eh bien, dans ce cas, nous pensons pouvoir dire avec exactitude que notre intuition était juste. Les résultats de notre enquête le confirment : quelqu'un vous a joué un mauvais tour. Un tour qui aurait pu avoir des conséquences désastreuses pour cet établissement. Donc, monsieur Morin, laissez-nous répondre à votre inquiétude : nul besoin d'un avocat pour vous représenter puisque ceci n'est ni un procès ni un interrogatoire. Personne ne vous accuse de quoi que ce soit.

Trois soupirs de soulagement se font entendre simultanément. La police n'est pas en route pour nous épingler. Je le savais. C'était évident que nous étions innocents. Qui irait s'asphyxier avec une bombe puante ?

– Comment va Margot ? que je demande au directeur.

– Mademoiselle Désilets-Falardeau est en voie de rétablissement complet. À ce qu'on nous dit, elle est un peu étourdie, mais ne souffre d'aucune séquelle permanente.

Ouf ! Lorsque nous étions plongés dans le nuage de fumée, Margot était la plus affectée d'entre nous quatre. Probablement à cause de son asthme et de ses allergies, a supposé Elliot. J'espère qu'on va pouvoir aller la voir à l'infirmerie.

Le directeur n'a pas l'air prêt de nous laisser partir, ce qui m'amène à me poser une question : pourquoi nous a-t-on fait poireauter ici ?

Elliot lit dans mes pensées :

– Monsieur Monette, est-ce qu'on peut savoir pourquoi vous nous avez gardés enfermés aussi longtemps dans votre bureau si vous saviez que c'était pas nous, les coupables ?

– Oh ! Vous nous voyez terriblement désolés de ce temps d'attente, mais il était impératif que nous nous entretenions avec monsieur le capitaine des pompiers. Notre discussion a été des plus intéressantes. Quel homme merveilleusement sympathique !

Heu… j'imagine que si on en est rendu à parler des pompiers, c'est parce qu'on est libres. Nous commençons à nous lever, mais le directeur ajoute :

– Une dernière chose avant de vous laisser partir, et c'est là la vraie raison pour laquelle il nous fallait vous rencontrer : avez-vous vu qui aurait bien pu allumer cet engin pestilentiel ?

La question à cent piastres ! Nous étions si engagés à convaincre Margot d'inviter Simon que nous n'avons jamais vu qui a ouvert la porte. Mais nous nous doutons tous de l'identité de la personne qui aurait pu nous en vouloir. Sarah-Jade. C'est clair comme un déversement dans le fleuve. Ce n'est peut-être pas elle qui a lancé la bombe puante, mais elle est très certainement le cerveau de l'opération.

Par contre, l'engin était bien trop puissant pour être utilisé dans un cubicule, il y a dû y avoir un mauvais calcul de sa part. J'ose imaginer que c'était une erreur de sa part ou de son acolyte, parce que la bombe aurait pu mettre le feu à l'école.

Pendant une seconde, l'idée de la désigner comme coupable me traverse l'esprit.

– Mademoiselle Barbeau ?

– Moi ? Heu…

– Vous avez l'air pensif. Sauriez-vous qui vous a soumis à ces fétides effluves ?

– Pour être honnête, monsieur…

Je devrais le dire, révéler nos soupçons, dévoiler son nom et nous débarrasser de cette chipie pour de bon. Ce serait sa parole contre la nôtre. Quatre contre un. Mais je parierais n'importe quoi qu'elle a un alibi et que ce n'est pas elle qui a lancé la bombe. Et si c'est bien elle qui a organisé ça, de quoi est-elle capable ? Ce serait comme jeter de l'huile sur le feu.

– … j'en ai aucune idée, que je réponds enfin. On rédigeait un travail de français. Tout est arrivé super vite.

– Y aurait-il quelqu'un, un de vos camarades de classe qui pourrait vous en vouloir ?

Pourquoi est-ce que je ne dis rien ? Je sais pourtant que c'est ce que nous devrions faire. Le directeur est sûrement prêt à nous offrir son aide et sa protection. C'est son rôle.

215

Peut-être que c'était une farce qui a affreusement dégénéré ? Ce n'est peut-être même pas Sarah-Jade qui est derrière le coup. Notre accusation serait vue comme une vengeance mesquine, parce que nous n'avons pas de preuve. Il y a de mauvais sentiments entre nous, mais ce n'est pas assez.

– Je vois vraiment pas, que je réponds finalement. Désolée.

– Mademoiselle Yi, monsieur Morin ? reprend le directeur en s'adressant à Charlotte et à Elliot. Auriez-vous quelque chose à ajouter ?

– Comme Laurianne dit, on était vraiment concentrés quand c'est arrivé.

Le directeur nous laisse enfin partir et nous nous dirigeons d'un pas rapide vers l'infirmerie, où nous retrouvons Margot, dont le visage a repris une couleur presque normale. Tantôt, quand elle toussait et crachait dans cette fumée épouvantable, on aurait cru avoir affaire à une attaque bactériologique. Ça ressemblait à une scène d'un film catastrophe hollywoodien, moins le sang et les explosions. Pendant quelques secondes, j'ai vraiment eu peur. Mais Margot, qui a obtenu son congé de la secrétaire-barre oblique-infirmière, a retrouvé son aplomb. C'est comme si rien ne s'était produit.

Nos sacs se trouvant encore dans le cubicule où se sont déroulés les événements du midi, nous prenons l'escalier pour aller les récupérer. Sur le dernier palier, nous nous assurons que nous sommes bien seuls.

– C'est tellement Sarah-Jade ! explose Charlotte. Si je ne me retenais pas, je… je… argh ! dit-elle en mimant l'étranglement de notre ennemie. Raaaaaahhh !

– Pourquoi t'as rien dit ? me demande Elliot.

– Parce qu'on a des doutes, mais pas de preuves.

C'est un peu la jambette 2.0. Elliot devrait être en mesure de comprendre ça. En leur expliquant la conclusion à laquelle j'en suis venue et le risque que la situation se retourne contre nous si on l'accuse à tort, Margot et Elliot acceptent ma logique. Charlotte, elle, ne veut pas lâcher le morceau.

– Elle peut pas toujours s'en tirer, dit-elle, découragée.

Au fin fond de moi-même, je pense comme Charlotte. Peu importe le coup, Sarah-Jade s'en sort toujours à bon compte, sans punition et sans subir les conséquences de ses gestes. Et c'est comme ça depuis trois ans. Elliot me raconte qu'en secondaire un, Sarah-Jade avait mis un morceau de poisson au fond du sac de gym de Charlie. Juste à penser à ce que ça devait sentir le cours d'après, le cœur me lève.

– Pis Charlie, c'était sa meilleure amie dans le temps ! me précise-t-il.

Tout le monde savait qui avait fait le coup, mais personne ne l'avait dénoncée, même pas sa nouvelle ex-*best*. Elle n'avait jamais été punie.

Lentement mais sûrement, Sarah-Jade a installé un climat de terreur, tout en gardant l'image d'un ange auprès des profs et de la direction. N'importe qui d'autre oserait faire le quart de ce qu'elle fait et il passerait un mois en retenue. Minimum ! On dirait qu'elle est protégée par une carte « Sortez de prison » permanente.

– On est mieux d'oublier ça, propose Margot. Si on riposte, on risque seulement d'envenimer la situation. On sait même pas si c'est elle...

– Arrêtez ça tout de suite ! la coupe Charlotte. C'est Sarah-Jade. Il n'y a personne d'autre dans l'école qui aurait eu le culot de faire ça. Lundi, elle a failli casser la jambe à Laurianne, et là, elle passe proche de t'envoyer à l'hôpital.

– Je vais mieux, dit Margot de sa petite voix.

– C'est pas ça la question, Margot. C'est une question d'honneur ! Veux-tu perdre la face devant l'ennemie ?

– Ben... non ? hasarde celle-ci.

– Alors il faut se venger. Et ne nous dis pas que tu vas sortir ton masque de Guy Fawkes, Elliot.

– J'ai rien dit ! Même si ce serait *vraiment* l'occasion idéale pour le porter, ajoute-t-il dans sa barbe, un peu déçu.

Puis Charlotte se retourne vers moi.

– Qu'est-ce que tu en penses, Laurie ?

– Je pense un peu comme Margot. On est mieux d'oublier ça.

Chapitre 1-19

Ma réponse les a déçus, surtout Charlotte. Notre échange sur le palier de l'escalier avait des airs de révolution et j'ai tué leur projet dans l'œuf. Peut-être s'attendaient-ils à une attitude plus combative de ma part ? Après tout, je me suis rapidement taillé une place dans le cours d'éduc en défiant Sarah-Jade sur son territoire – accidentellement, mais en la défiant tout de même – et puis en me la mettant carrément à dos au début de la semaine.

La vérité, c'est que je suis plutôt d'accord avec Charlotte. Sarah-Jade a dépassé les bornes. Ça ne fait que deux semaines que je suis ici, mais il est hors de question que je passe les trois prochaines années du secondaire à vivre sous son règne.

Charlotte, malgré toute sa bonne volonté, nous aurait plongés dans une guerre ouverte. Sa revanche aurait eu lieu au grand jour. Tout le monde aurait été témoin de l'humiliation de Sarah-Jade. Impulsive comme elle est, je verrais bien Charlotte aller à sa rencontre dans un couloir pour lui étamper le nez d'une bonne droite.

Ça ne peut pas bien se terminer.

Il faut régler ce conflit, mais il faut y parvenir de manière décisive, une fois pour toutes, sans que ça dégénère. Je dois trouver une solution, un moyen ultime pour lui régler son cas. Quelque chose qui la mettrait hors-jeu. Rien de violent, bien évidemment. Je ne suis pas Ender Wiggin, tout de même. Ce qu'il faut, c'est un tour original qui passera à l'histoire et dont l'école se souviendra longtemps.

Rien ne presse. Après tout, la vengeance est un plat qui se mange froid, à ce qu'il paraît.

En gros, c'est ce qui me trotte dans la tête pendant que je reviens de l'école. Dès que j'ouvre la porte de l'appartement, j'entends papa qui m'appelle :

– Laurie, c'est toi ?

– Oui. Tu ne devineras jamais ce qui m'est arrivé !

J'accroche mon manteau, laisse tomber mon sac dans l'entrée, *kicke* mes chaussures dans le garde-robe et, comme papa ne trouvera jamais – quelles sont les chances qu'il devine que les pompiers sont venus parce qu'ils croyaient que l'école brûlait parce que quelqu'un a lancé une bombe puante dans notre cubicule ? –, je commence à tout lui raconter. En parlant, je le cherche dans l'appart, retourne vers l'entrée, mais il n'est pas là, ni dans le salon non plus. Ni dans la cuisine. Je retourne vers la chambre, mais il n'y a personne.

– Papa, t'es où ?

– Ici.

Je retourne dans la cuisine et trouve mon père couché par terre devant le frigo.

– Qu'est-ce que tu fais là ? Es-tu correct ?

– Non. Je me suis coincé le dos. C'est bête, j'ai dû faire un faux mouvement.

– Tu aurais dû m'appeler.

– J'y ai pensé, mais mon cellulaire est sur le comptoir et je suis incapable de me relever, dit-il en tendant la main.

– Attends, bouge pas. Je vais t'aider.

Je lui prends le bras et tire, mais il pousse un cri et retombe au sol.

– Aïe ! Ça fait trop mal… J'espérais juste que tu ne reviendrais pas trop tard.

– Depuis combien de temps t'es là ?

– Je sais pas… Il est quelle heure ?

– Quatre heures et demie.

– Ça fait un bon deux heures.

Je souffre de le voir ainsi immobilisé sur le plancher de la cuisine. On dirait une tortue qui n'a plus la force de se retourner. Ce n'est pas la première fois que son dos bloque, mais ça n'a jamais été si sévère. D'habitude, il prend quelques cachets pour les maux de dos pendant une semaine ou deux et ça passe, mais là, je ne crois pas que ce sera suffisant.

– Faut aller à l'urgence.

La perspective de passer la soirée à l'hôpital ne nous enchante guère, papa et moi. Il prend une inspiration, pendant laquelle il se rend compte de l'état pitoyable dans lequel il se trouve, puis accepte.

– OK. Mais il va falloir prendre l'autobus. J'arriverai jamais à conduire.

Pas question. Ni l'un ni l'autre nous ne savons quel bus prendre pour nous rendre à l'hôpital, sans parler de notre totale ignorance de l'horaire. Mon père souffre depuis trop longtemps. C'est à moi de l'aider.

– Moi, je peux.

– Quoi ?

– Conduire. Je vais la conduire, la voiture.

– Laurianne, t'as quatorze ans, pas seize ! T'es même pas proche d'avoir ton permis.

– Il y a deux pédales et un volant. Ça peut pas être si compliqué que ça...

– Il y en a trois.

– Trois quoi ?

– Trois pédales. Il y a la pédale de transmission. C'est une transmission manuelle. Plus le bras de vitesse. Non, non. Penses-y même pas, tranche-t-il, catégorique.

– On fait quoi d'abord ?

– Veux-tu appeler Yan, s'il te plaît ?

Le cell de mon père se trouve effectivement sur le comptoir, juste en dehors de sa portée. Je le saisis et appelle son meilleur ami pour qu'il vienne à sa rescousse. Puis je vais chercher la bouteille de pilules antidouleur de mon père – il en avale trois, se révise et en prend une quatrième – ainsi que deux coussins. J'en glisse un sous sa tête et me couche à côté de lui.

– Comment ça se fait que t'es là si tôt ?

– J'avais décidé de prendre l'après-midi de congé. Tout un après-midi ! Et là, j'ai vraiment envie de pipi.

– Oh...

Ça ne fait certainement pas partie des soins que je m'attends à dispenser. Juste à y penser, un frisson me parcourt l'échine.

– Je vais être correct, me rassure-t-il.

– J'espère. Parce que sinon, je te place dans une maison pour petits vieux.

– Eille ! J'ai pas encore cinquante ans !

– Ils vont sûrement faire une exception pour toi.

C'est étrange de regarder la cuisine sous cet angle. On dirait que ce n'est pas la même pièce. Les objets semblent différents, plus grands; la lumière est plus blanche; on dirait que c'est plus spacieux, vu d'ici. Le linoléum du plancher est frais, à la température idéale pour qu'on s'y couche. Pendant une minute, ni lui ni moi ne parlons.

– C'est bien ici, que je finis par dire.

– Sur le plancher ?

– C'est pas ce que je voulais dire, mais oui, si on veut.

– Tu sais, quand j'étais petit, je passais mes samedis matins couché dans la cuisine, les pieds sur la grille du frigo pour les réchauffer, à lire des *Lucky Luke* et des *Astérix*.

– Grand-maman te laissait faire ?

– Oui. Je me souviens que mes parents passaient par-dessus moi. Et la porte du frigo était juste assez haute pour qu'ils l'ouvrent sans me frapper.

– Étrange…

– Hmm hmm. Qu'est-ce que tu allais me dire tantôt quand t'es rentrée ?

– Ah ! Je suis presque morte aujourd'hui.

– De fatigue ? demande-t-il, pas trop sûr si je suis sérieuse.

– Asphyxiée. Quelqu'un a lancé une bombe puante à la bibliothèque ce midi.

– Tu me niaises ! s'exclame-t-il. Ouch !

– Pour vrai de vrai ! Je te jure, c'était malade !

Couchée sur le sol, je lui raconte tout ce qui nous est arrivé, du pet monumental qu'on croyait qu'Elliot venait de lâcher à la chaise qui nous empêchait de sortir, de Margot qui toussait sa vie à madame Claude qui a reçu la porte dans le front quand on l'a défoncée.

– Qui en voudrait à la prunelle de mes yeux ?

– Il y a une petite gang qui ne m'aime pas. Pas vraiment une gang, juste une fille en fait.

– C'est bien.

– Qu'elle ne m'aime pas ?

– Non, non. Ici, maintenant. C'est la première fois depuis le déménagement qu'on parle. Je veux dire qu'on parle *vraiment* ensemble. Ça fait du bien, dit-il en me prenant la main.

C'est plutôt bizarre. Mon père essaie de rester aussi immobile que possible et chaque petit mouvement lui arrache une grimace de douleur. Derrière cela, j'arrive à entrevoir une émotion que je n'avais pas vue depuis bien longtemps. Il a toujours tenté de m'épargner, de me protéger. Je sais qu'il a souvent mis un masque et a ignoré sa souffrance pour que je guérisse. Aujourd'hui, son masque n'est plus aussi étanche. J'aperçois le vrai visage de mon père. Et je décèle une étincelle de bonheur dans ses yeux.

Je ne sais pas trop quoi dire, alors je serre sa main. Ça me semble être la meilleure des réponses en ce moment.

– Alors ? que je dis en tentant de ramener la discussion sur ses rails.

– Alors quoi ?

– On a essayé de m'asphyxier.

– Ah ça ! Tu sais ce qu'ils disent ? Si tu n'es pas en train d'énerver quelqu'un, c'est que tu ne fais pas ton travail correctement.

– Ça fait deux semaines que je suis dans ma nouvelle école et je me suis fait une ennemie jurée. En quoi cette devise de psycho-pop devrait m'être utile ?

– Aucune idée. Mais à ce qu'il paraît, je fais un super boulot comme père, dit-il en me souriant. Sérieusement, je ne suis pas du tout inquiet. T'es une fille intelligente, rusée, dégourdie, sociable – même si parfois, tu souhaites le contraire –, sympathique, tu es forte, pleine de ressources, tu as de bons amis et un père formidable...

– Hé ! On parle de moi, là !

– Désolé, je me suis laissé emporter. Si cette fille-là... C'est quoi son nom déjà ?

– Sarah-Jade.

– Urgh ! Sarah-Jade. Moi non plus, je ne l'aime pas. Bref. Si Sarah-Jade n'est pas capable de t'apprécier, elle ne saura jamais qu'elle passe à côté d'une des personnes les plus extraordinaires que je connaisse.

– Hou. Merci.

Ça sonne comme le genre de discours que tous les parents font un jour à leurs enfants pour les consoler. Ce qui est un peu déprimant, parce que c'est drôlement efficace.

– Tu t'es fait de nouveaux amis ?

– Oui, pourquoi ?

– Là où je veux en venir, c'est que dans la vie, que ce soit à l'école, à l'université ou dans ton travail, il va toujours y avoir des gens avec qui tu ne t'entendras pas et qui ne pourront pas sentir la personne que tu es. Faut pas que tu les laisses t'arrêter dans ton élan. Perds pas ton temps à t'inquiéter de ce que ces gens-là pensent de toi.

– Je sais.

– Et pourquoi le sais-tu ?

– Parce que j'ai un père formidable.

– Bingo !

Mon père lève une main et nous nous faisons un *high five* maladroit.

Quelques instants plus tard, Yan grimpe les escaliers quatre à quatre.

– J'suis là ! dit-il en entrant dans l'appartement, essoufflé. J'ai été chanceux, j'ai juste pogné des vertes. Ben ? Laurianne ?

226

– Ici, que nous répondons.

En nous voyant tous les deux couchés sur le prélart de la cuisine, il nous demande :

– Ça va ?

– Oui. Je lui tenais compagnie.

Yan aide mon père à se relever et à enfiler son manteau, ce qui se révèle être particulièrement difficile considérant sa position. Papa me ressort sa cassette comme quoi il est inutile pour moi d'aller perdre mon temps à l'urgence avec eux, discours endossé par Yan, bien évidemment.

– Il va voir un doc qui va vouloir prendre une radio et qui va finir par lui prescrire des relaxants musculaires et du repos, comme tous les autres avant lui. Allez, je te le ramène au courant de la soirée. Inquiète-toi pas.

– Profites-en pour faire tes devoirs ! me lance mon père depuis le trottoir.

Je n'avais pas prévu me retrouver seule ce soir. Les devoirs ne se trouvaient pas dans ma liste de priorités et je ne compte pas revoir celle-ci. À la place, je vais dans ma chambre et allume mon ordi. Ça a été une longue journée. Il faut que je m'aère l'esprit. Par « aérer », je sous-entends me défouler en ligne, et par « défouler », taper sur des zombies.

J'essaie de contacter Sam. Pas de chance. Il n'est pas en ligne. Je lui laisse un message sur Skype :

Partie chasser du zed…   17:03

Ni Charlotte, ni Elliot, ni Margot ne sont là non plus. Leurs statuts sont tous inactifs.

Je n'arrive toujours pas à imaginer comment les gens faisaient dans l'ancien temps pour s'appeler sur des lignes fixes sans savoir si leur interlocuteur allait répondre ou pas. Mon père m'a déjà raconté que des décennies avant lui, du temps de mes arrière-grands-parents, il y avait si peu de téléphones que plusieurs familles étaient branchées sur la même ligne. Si ça sonnait une fois, c'était pour les Tremblay, si ça sonnait deux fois, c'était pour les Barbeau, trois fois, pour les Nadeau, et ainsi de suite. Un vrai scénario de science-fiction !

Peu importe, je peux me débrouiller toute seule. Je double-clique sur l'icône de jeu, qui me connecte aux serveurs de *Z-héros*. Stargrrrl apparaît à l'écran. Cet avatar s'appelle aussi Stargrrrl parce que, sauf exception, c'est mon nom d'utilisatrice à peu près partout. Pour profiter de l'environnement sonore, j'enfile mon casque d'écoute. Ainsi, je pourrai entendre la moindre brindille qui craque, le moindre râle d'un zed qui voudrait me mordre. L'ambiance va être mortelle !

Dans cet univers, Stargrrrl est une civile ayant survécu à l'apocalypse zombie. Plutôt qu'une armure de guerre futuriste et des armes de calibre militaire, son inventaire est constitué d'éléments hétéroclites ramassés au fil des combats. Il comprend les vêtements qu'elle a sur le dos (pantalon, manteau, bottes, etc.), un chandail de rechange, des armes, comme un fusil de chasse de calibre 12 et un Colt Python 357 Magnum, le même que Rick Grimes utilise, et qui est doté d'un canon de six pouces (extrêmement puissant et très pratique à courte portée), un bâton de baseball en aluminium de marque Spalding, une machette et quelques boîtes de munitions. Ce sont les vivres qui lui font défaut.

Lors de ma dernière séance de jeu, je me suis fait piéger par des bandits qui m'ont volé plusieurs conserves de nourriture. Une chance, c'est tout ce qu'ils ont pu me prendre. J'ai pu sauver ma peau.

Priorité ce soir : trouver de l'eau fraîche et des vivres. Je dois faire cela sans me faire remarquer par les zeds.

Stargrrrl marche dans le bois vers un hameau qui a l'air inhabité. Au loin, un zed. Je le reconnais à sa démarche saccadée. Il ne m'a pas vue. S'il m'aperçoit, il va courir dans ma direction et ses râles vont alerter tous les autres zeds qui pourraient se trouver dans le secteur. Il me faut être très prudente.

J'avance à couvert jusqu'à atteindre le premier bâtiment, une maison de campagne faite de pierres et recouverte de chaux. La lourde porte de bois est déverrouillée – elles le sont presque toujours – et légèrement entrouverte. Mon 12 en main, je me positionne pour voir par le jour et pousse lentement la porte. Personne à l'intérieur. Je m'empare de trois conserves, d'une bouteille de boisson gazeuse et d'une demi-miche de pain sec. Sous l'évier, il y a un peu de savon – je pourrai laver mes vêtements – et une petite bouteille d'essence à briquet. En moins de trois minutes, j'ai fait le tour de la maison et ramassé tout ce qu'il y avait comme butin intéressant.

Avant de sortir, je regarde par la fenêtre de la cuisine pour vérifier la position du zombie. Il n'a pas vraiment changé de place. Il erre sans but. Il n'a toujours pas relevé ma présence.

Excellent. Je vais pouvoir inspecter une ou deux autres maisons.

J'aime ça quand mes sessions de jeu se déroulent aussi bien. À ce rythme, je vais avoir renfloué mes vivres en moins d'une heure. La survie de Stargrrrl assurée, je pourrai consacrer mon temps à d'autres missions.

Naturellement, j'ai parlé trop vite.

Alors que je sors de la maison, deux avatars émergent du bois et se dirigent droit sur moi. Merde. Je reste sur mes gardes.

Ces avatars sont malpropres, n'ont pas l'air d'avoir beaucoup de matériel avec eux. Le premier, un malingre au regard nerveux, n'a qu'une machette rouillée. L'autre, un grand costaud au crâne dégarni, tient une carabine de chasse. Aucun des deux n'a de sac à dos. Ils ne m'inspirent pas du tout confiance. Peut-être qu'ils travaillent seuls, ou peut-être qu'ils sont les éclaireurs de leur groupe. Dans les deux cas, il me faut me pousser d'ici à la première occasion.

– Salut ! me dit le plus maigre des deux dans son micro.

Celui à la carabine ne dit rien. Il se contente d'aller jeter un coup d'œil à l'intérieur de la maison et revient à côté de son ami. Il a l'air louche. Tous les avatars de ce jeu ont l'air louche, mais son comportement l'est encore plus.

– Tu sais s'il y a des zeds dans le secteur ? me demande-t-il.

– J'en ai pas vu, que je mens.

– Hé ! T'es une fille ?

Super. Oui, je suis une fille. Oui, je joue à des jeux vidéo. Qu'est-ce qu'il y a de si surprenant là-dedans ?

– Oui, que je réponds platement.

– Une vraie fille ?

Ce gars-là est un parfait imbécile.

– Est-ce qu'il y en a une autre sorte ?

– Alors… Tu te promènes toute seule ? T'as pas peur de te faire encercler par des zeds ou de tomber sur une bande de pillards ?

Je sais ce qu'ils veulent. Tantôt, le grand est allé vérifier si j'avais des compagnons. Comme il n'y a personne dans la maison, je deviens une proie facile. On tombe parfois sur des alliés potentiels, dans ce jeu, des joueurs qui veulent se regrouper et créer des alliances. Ces deux-là ne tombent pas dans cette catégorie. Ils sont beaucoup trop intéressés à savoir si je suis seule.

– Ma bande doit me rejoindre à tout moment.

J'espère que l'idée d'un groupe plus important va les dissuader. Mais le grand chauve *scanne* les bois pour s'assurer qu'il n'y a que nous.

– Y'a pas de groupe, dit-il.

Sa voix est grave et rauque. Le joueur derrière l'avatar doit être dans la vingtaine, peut-être la trentaine.

Je vais pour faire un pas en direction du boisé, où il sera plus facile de les perdre, mais le malingre vient se mettre en travers de mon chemin.

– Tu veux t'amuser ? me demande le chauve, ce qui fait rire le petit maigre.

Vraiment pas. Cette conversation dégénère. Je dois prendre mes jambes à mon cou.

– Désolée, j'ai pas...

Le grand chauve me coupe la parole.

– Viens dans la cabane, dit-il fermement. On va se faire un party privé.

Eh. Bien. Ça. C'est. Dégueulasse.

– Allez, on se la fait ! propose rapidement le petit en cherchant l'accord de son complice.

– Quoi ?

Ils ne veulent pas s'en prendre à moi pour vrai. Seulement à mon avatar. N'empêche, j'ai l'adrénaline dans le tapis. Les poils se hérissent sur mes bras. De ce côté-ci de l'écran, j'ai vraiment l'impression de subir une agression. Ces gars-là sont des trous-de-cul, des salauds, des machos, des moins que rien qui profitent d'un monde virtuel pour assouvir leur fantasme de

violence. Ils s'imaginent que c'est tout à fait accep-
table parce qu'ils sont dans un jeu, que sur internet
tout est permis. Le pire, c'est que dans la vraie vie,
leurs amis doivent penser que ce sont de bons gars,
de bons jacks.

Ça me dégoûte.

C'en est trop. C'est la goutte. Le vase déborde.

Sans leur donner le temps de réagir, je saisis mon
bâton de baseball et vise la tête du grand taciturne.
La batte rencontre sa tête et l'avatar tombe au sol,
assommé par le coup. Du sang gicle lorsque je lui en
assène un second pour m'assurer qu'il ne se relèvera
pas. Laissant aussitôt tomber mon bâton de baseball,
je saisis mon calibre 12 pour tenir le maigrichon à distance.

– Laisse tomber ta machette, que je lui ordonne.

Celui-ci bafouille dans son micro, mais devant mon
insistance, il abandonne son arme. Il essaie de se justifier en me disant que c'était juste pour rire, qu'ils ne
faisaient que des blagues.

– Comment tu aimes la mienne ? que je lui renvoie,
le visage de Stargrrrl dégoulinant de pixels couleur
hémoglobine.

Je me retourne et tire à bout portant dans le dos du
joueur inconscient sur le sol.

BOUM !

– T'es folle ou quoi ?

– Complètement, que je lui réponds sans émotion.
Ton pote ici est mort. S'il ne l'est pas, j'vais m'assurer

qu'il le soit dans quelques secondes. Si tu ne souhaites pas subir le même sort, dégage !

– *Man*, je vais te retrouver pis je vais te faire la peau, crisse de chienne !

– C'est ça. Tu peux toujours essayer.

Tout en pointant mon 12 vers lui, je déplace Stargrrrl pour bloquer la route vers le boisé. Il n'a d'autre choix que de passer au travers du hameau pour prendre par les champs. L'avatar part en courant et j'entends le joueur me traiter de tous les noms dans son micro. La grande classe. Mais il n'a pas fait vingt mètres que le zombie errant, alerté par le bruit, le prend par surprise, lui saute dessus et se met à lui dévorer le visage. L'avatar tombe au sol et crie. Son sort est scellé.

Un petit frisson me parcourt le corps.

Ce n'est pas parce que ça se passe dans des ordis que les joueurs sont dépourvus d'empathie. Quand un jeu est bien codé, ça fonctionne aussi bien qu'un film ou un livre. J'ai été atterrée quand un ami a perdu son avatar, j'ai déjà pleuré la mort d'un personnage de pixels. Mais pour ces deux idiots-là, c'est la haine qui est montée en moi.

Ils n'ont eu que ce qu'ils méritaient.

Imbéciles.

Le corps du grand chauve n'a pas bougé. Le contraire m'aurait étonné. Une flaque de sang s'étend sous lui. Je le pousse du pied. Il est immobile. Mort, mort, mort. Sa carabine ne vaut pas grand-chose, mais je pourrai toujours l'échanger lors d'un troc. J'en tirerai peut-être une demi-douzaine de conserves de bouffe pour les chats.

J'ouvre la fenêtre de mon inventaire et prends la bouteille d'essence à briquet, que je vide sur son dos. Il ne suffit que d'une allumette. Le corps de pixels brûle vivement. D'ici une heure, il ne restera rien de lui. Qu'un morceau de viande calcinée bon pour les charognards virtuels.

Je prends la direction de mon campement, sauvegarde ma partie et quitte le jeu, satisfaite de moi-même, mais en colère contre la stupidité congénitale de certains humains.

Chapitre 1-20

La cloche annonçant la fin des classes retentit. Enfin ! Si tous les jours sont aussi pénibles que ce lundi, la semaine aura raison de moi. Le tooon monocooorde de meeees prooofs qui répèèètent et qui répèèètent est juuuste trop morteeel. Quand les profs s'ennuient eux-mêmes, c'est qu'on est dus pour une pédago.

Un grand brouhaha s'élève alors que nous rangeons sans ménagement nos cartables dans nos sacs à dos. Des élèves plus pressés que d'autres, ceux qui doivent attraper un autobus pour retourner à la maison, sont déjà sortis et descendent en ce moment les escaliers quatre à quatre pour ne pas se faire prendre dans la cohue. Ce n'est pas que sur les ponts qu'il y a de la congestion.

– Qu'est-ce que tu fais ce soir ? me demande Charlotte.

– Je sais pas trop. J'ai rien de prévu. Pourquoi ?

– On pourrait se faire une soirée de révision chez moi pour notre exam de maths de demain ?

– OK, répond Margot.

– Si tu veux. À quelle heure ?

– Tout de suite. Tout le monde peut rester pour le souper. Je vais avertir ma mère.

– *Cool !* fait Elliot. On se rejoint aux casiers. Faut que je change le poisson d'eau !

Trop d'information.

– Ça va pas déranger tes parents, qu'on débarque tous les trois ?

– Ben non. Tu ne connais pas mes parents. Il y a toujours de la bouffe pour une armée !

Je peux bien croire que quand il y en a pour quatre, il y en a pour cinq, mais là on parle de quasiment doubler le nombre de convives… à la dernière minute ! Mon père ne serait jamais capable de gérer ce genre de modification. Sam pouvait s'ajouter à l'improviste à peu près n'importe quand, mais Sam, ça ne compte pas. Il est pratiquement de la famille.

– Allez, Laurie !

– OK. J'accepte.

J'allume mon cell et envoie un court texto à mon père pour l'avertir de mon absence.

En descendant les escaliers vers les cases, nous sommes prises toutes les trois derrière Noémie et Sarah-Jade, qui sont en grande discussion. Plus exactement, Sarah-Jade parle et Noémie, tout ouïe, l'écoute.

Toute la fin de semaine, j'ai pensé au coup de cochon qu'elle nous a fait. Même si je sais qu'elle ne mérite pas que je lui accorde une seule seconde d'attention, c'était plus fort que moi. Je n'ai pas pu m'en empêcher. Une vraie torture ! Mon esprit revisitait inlassablement l'événement survenu trois jours plus tôt.

Habituellement, la course a un effet cathartique. Lors de périodes stressantes, en fin d'année, par exemple, quand il y a plein d'examens, aller suer un bon coup en courant à haute intensité permet de me clarifier les idées, d'évacuer le méchant. Je suis plus efficace dans mes études et je fais moins de cauchemars, à moins que je vienne de me taper un marathon télévisuel de morts-vivants.

Sarah-Jade est pire qu'un ver d'oreille. J'ai ruminé toutes les rencontres des dernières semaines que j'ai eues avec elle, tout ce qu'elle a pu faire, tous les commentaires cyniques qu'elle a lancés en classe, toutes les expressions blasées, toutes les remarques blessantes qu'elle a dites. Mon heure de course samedi n'a pas été suffisante, ni mes deux sorties d'hier – et je ne cours jamais deux fois dans la même journée !

Je n'avais que ça à l'esprit : comment allons-nous lui faire payer ? Quelle sera notre revanche ?

Je n'ai pas de réponse.

Mon esprit est une page blanche.

J'ai fureté, j'ai lu, j'ai *googlé* les meilleures manières de se venger, je suis même allée voir des sites peu recommandables, ceux où je n'utilise pas mon pseudo de Stargrrrl. Je ne sais toujours pas comment on va s'y prendre.

Lorsque nous arrivons au palier inférieur, Noémie nous aperçoit et donne un coup de coude à sa reine pour lui indiquer notre présence, mais celle-ci ne fait que se pencher pour glisser quelque chose à l'oreille de Noémie. Les deux se mettent à rire. Pas besoin de chercher midi à quatorze heures, nous sommes la cible de leurs mesquineries.

L'attitude de Charlotte me surprend. Malgré qu'elle serre les lèvres, elle garde la tête froide et ne dit rien. Pas une réplique assassine, pas un commentaire, rien.

– Ça va ? lui demande Margot, lorsque nous sommes devant nos cases. T'as l'air tendue...

– J'invoque mes ancêtres décédés pour qu'ils génèrent une armure de zénitude autour de moi, dit-elle les yeux fermés, en inspirant puis en expirant plusieurs fois, ses bras faisant de grands mouvements fluides semblables à des katas.

– Et ça marche ?

– *Nope.* J'ai toujours envie de lui faire avaler son petit sac à main de contrefaçon Dolce & Gabbana.

Nous quittons l'école en nous promettant de ne pas parler de Sarah-Jade.

– Est-ce qu'on peut l'appeler « Celle-Dont-On-Ne-Doit-Pas-Prononcer-Le-Nom » ? demande Elliot.

– Même pas ! On ne mentionne pas son nom, on n'utilise pas de surnom ou de nom de code. Purge totale ! que je déclare.

– J'appuie la motion de censure ! dit Margot.

– Quelqu'un demande le vote ?

– C'est quoi la pénalité si on s'échappe ? demande Elliot.

Le fautif devra faire le lunch des trois autres pendant une semaine. Tout le monde est d'accord et la résolution est adoptée à l'unanimité alors que nous entrons dans La Grotte.

Derrière son comptoir, Guillaume finalise une transaction. Il tend un reçu de caisse à une cliente, une femme dans la quarantaine, avant de la remercier et de lui remettre un sac dans lequel il a glissé la boîte d'une console. Dans la salle de jeu, une demi-douzaine de jeunes sont déjà assis, casque d'écoute sur la tête, et s'affrontent en équipe à un jeu de *fantasy* à la *Donjons et Dragons*.

La table où nous nous assoyons habituellement est libre et nous passons les quarante minutes suivantes à faire nos devoirs et à jaser avec Guillaume. L'endroit est calme, nous n'entendons pratiquement pas la partie qui se déroule en arrière. Nous réunir ici devient une habitude. La Grotte est devenue notre lieu de prédilection, notre QG après l'école.

Normalement, on finit plus par discuter et déconner avec Guillaume que par faire nos devoirs, mais aujourd'hui, il est peu loquace et travaille à son ordinateur au comptoir. Quand Elliot lui demande ce qu'il fait, Guillaume lui répond : « Tu vas voir », un sourire en coin.

Un peu après cinq heures, nous quittons tous l'antre des geeks.

Le triplex des parents de Charlotte n'est qu'à quelques minutes du magasin. Elle ouvre la porte et crie :

– On est là !

– C'est prêt ! nous annonce sa mère, avec un léger accent. Asseyez-vous, tout le monde.

Les effluves de nourriture me frappent de plein fouet. Ça sent délicieusement bon ! L'eau me monte à la bouche.

Charlotte ne blaguait pas quand elle disait que sa mère faisait de la bouffe pour une armée. En plus de ses parents, il y a sa grand-mère, son oncle, qui est là avec sa fille de douze ou treize ans, son frère aîné, sa copine et leur bébé, ainsi que ses deux frères cadets qui sont encore au primaire.

– C'est Laurianne, l'amie dont je vous ai parlé, dit-elle simplement pour me présenter, pendant que Margot et Elliot prennent place autour de la grande table.

Alors que la grand-mère de Charlotte apporte un plat où se trouve la plus haute montagne de rouleaux impériaux que j'ai vue de ma vie, son père ouvre la porte du balcon et entre dans la maison avec deux assiettes débordant de grillades : brochettes de poulet, de porc, de bœuf et de crevettes. Sa mère nous tend successivement une assiette où elle a déposé une boule de riz collant et des légumes sautés.

Nous sommes quatorze autour des deux tables, incluant un bébé, mais quatorze tout de même !

– C'est l'anniversaire de quelqu'un ? que je demande à Charlotte.

– Non. C'est toujours comme ça. Ma grand-mère habite au deuxième et mon oncle est à l'étage. Mon frère a déménagé l'an dernier quand il s'est marié, mais il est tout le temps ici.

C'est une expérience pour le moins différente de ce à quoi je suis habituée. Nous ne sommes que nous deux, papa et moi, mais il insiste pour que nous soupions ensemble. Pas question qu'il passe ses soirées au bureau en laissant sa fille toute seule à la maison. Il n'est pas ce genre de père, qu'il répète toujours.

Le repas des Yi est phénoménal. C'est comme un restaurant, mais à la maison ! Et les rouleaux sont si croustillants et savoureux que je ne peux m'empêcher d'en prendre deux de plus. Avant même que notre assiette soit vide, la mère de Charlotte nous en offre encore. Margot et Charlotte refusent, mais Elliot et moi acceptons avec appétit. Je ne sais pas trop comment je fais, mais je réussis à engloutir une deuxième assiette de légumes, de riz et de brochettes.

– Ce sont les meilleurs rouleaux que j'ai mangés de toute ma vie ! que je déclare en trempant un cinquième rouleau dans la sauce.

– Totalement d'accord avec toi ! dit Elliot en engloutissant un rouleau en deux bouchées, ce qui ne semble pas étonner les Yi.

En se levant pour ramasser les plats, la grand-mère de Charlotte sépare les six rouleaux restants entre Elliot et moi.

– Mangez ! Mangez ! nous dit-elle en riant.

– En voulez-vous un ? que je demande à Charlotte et à Margot, mais cette dernière fait non de la tête, tandis que Charlotte me précise qu'elle est un peu tannée d'en manger puisque sa grand-mère en prépare toutes les semaines.

Moi, j'en mangerais tous les jours. C'est tellement bon ! Huit rouleaux impériaux, c'était peut-être exagéré, mais l'exagération a bien meilleur goût ! Le hic, c'est la digestion. Ouf ! Comment Charlotte peut-elle avoir accès à une aussi bonne cuisine et rester aussi mince ? Ça me dépasse ! Si je vivais ici, ça ne prendrait pas un mois pour que le sang dans mes veines soit remplacé par de la sauce.

Voyant que je suis tombée amoureuse de ses rouleaux, la grand-mère de Charlotte lui souffle quelques mots à l'oreille. Charlotte semble surprise. Elle se tourne vers moi et dit :

– Elle veut t'offrir la recette.

– Vraiment ? Non. C'est une blague ? que je demande à Charlotte, qui m'assure que son offre est sincère. Vous feriez ça ? que j'ajoute en me tournant vers sa grand-mère.

Spontanément, je prends la vieille dame et la serre dans mes bras. Elle rit de bon cœur et me fait la bise sur les joues.

– Tu l'as charmée, me dit Charlotte lorsque nous sommes rendus dans sa chambre. Elle n'a jamais donné sa recette à personne. Je pense qu'il n'y a que ma mère qui l'a. Les huit rouleaux que tu as mangés l'ont probablement convaincue que tu étais une digne héritière. T'es une sacrée goinfre, Laurie !

– Mais c'était trop bon ! que je dis en me laissant tomber sur son lit et en défaisant le bouton de mon pantalon.

Une alerte de notification se fait entendre. Elliot sort son cell et le consulte. Un sourire se dessine sur son visage.

– Les filles, dit-il, j'ai une proposition pour vous.

Il nous tend son cell.

– Guillaume organise un tournoi. Il va publier ça demain sur la page Facebook du magasin.

– Un tournoi de la *Ligue* ?

– Pour vrai ? dit Margot.

– On devrait former une équipe, nous propose-t-il. Ce serait mortel !

Je lance un regard complice aux filles avant de répondre :

– Meh… je sais pas trop. Ça va pas tomber durant la semaine d'examens ?

– Va falloir pratiquer. Mes parents trouvent que je joue assez souvent comme ça… renchérit Margot en me faisant un clin d'œil. Pas sûre qu'ils vont vouloir.

– Il doit y avoir des frais d'inscription, ajoute Charlotte. Je sais pas pour vous, mais je suis plutôt cassée en ce moment. Faut que je mette des sous de côté pour mes cheveux. Le rose pétant, ça paraît pas, mais ça demande de l'entretien.

Elliot n'en croit pas ses oreilles.

– Sérieux, les filles, on serait *badass* ! Bon, de un, Charlotte, les frais sont minimes. T'auras pas à choisir entre ta teinture et le tournoi. À nous quatre, on est le *dream team* de la *Ligue*, dit-il en essayant de nous vendre sa salade.

– Tu penses ? lance Margot pour ferrer le poisson.

– On est tous des joueurs au-dessus de la moyenne des ours. Charlotte est une vraie guerrière. Impulsive, oui. Mais elle dirige son énergie dans l'action. Elle passe dans une mêlée comme un couteau dans de la margarine molle. Une vraie arme qui n'a besoin que d'être pointée dans la bonne direction.

Charlotte se tord la bouche pour essayer d'avoir l'air peu impressionnée par les arguments d'Elliot. Sous cette moue, elle se retient de rire.

– Ensuite, il y a Margot. Elle prend soin de nous sans qu'on s'en rende compte. Si c'est un jeu de *fantasy*, elle a un sort pour nous guérir. Dans la *Ligue*, elle a toujours un *med kit* à notre disposition. Bien plus redoutable en équipe qu'en mode individuel, elle est toujours en train de protéger nos arrières.

– C'est pas faux, dit Margot.

Elliot poursuit :

– Toi, Laurie, t'es un joker. La surprise sur le *sundae*.

– La cerise, précise Charlotte.

– C'est ça que j'ai dit, se défend-il. Tu connais la stratégie et je parie que tu es particulièrement efficace avec un fusil de *sniper*.

– Je me débrouille.

– Tu en sais beaucoup plus que tu ne le laisses paraître. Je me trompe ?

À date, son analyse est bonne.

– Je sens que tu as plus d'une carte dans ton sac, dit-il, sûr de lui.

– Ou un tour dans ta manche, rigole Charlotte.

Je ne peux m'empêcher de rire aussi.

– Pis toi ? demande Margot.

– Moi ? Facile. Je suis un leader. Un capitaine né. Je vous connais comme si je vous avais tricotées.

– Enfin une de bonne !

Il essaie de se donner un peu de prestance avant de déclamer :

– Comme disait Sun Tzu…

– Depuis quand tu lis Sun Tzu ? l'interrompt Charlotte.

– Tu sauras que je ne lis pas que des romans de zombies.

– C'est vrai. Lis-tu encore *Dragonball* ?

– Il lit des Harlequin aussi, ajoute Margot.

– « Le » Harlequin, rétorque-t-il. C'était juste une fois ! C'est important de connaître ce qui se fait avant de juger. Pis c'était pour un travail de français. Donc, comme je le disais, Sun Tzu…

– Ça fait pas cinq minutes que l'équipe est formée qu'il a déjà perdu le contrôle. Tout un chef ! que je dis en l'interrompant à mon tour.

– Pour citer Sun Tzu…

– Vive notre capitaine !

– Est-ce que vous m'écoutez ?

– Chef, oui, chef ! que je réponds.

On se bidonne. On rit aux larmes. J'en ai les joues qui me font mal.

En nous voyant nous tordre, Elliot comprend enfin qu'il y a anguille sous roche.

– Heu… Vous étiez déjà d'accord ?

– Chef, oui, chef ! répète Margot, de peine et de misère.

– Pfffouhahaha !!!

– Z'êtes trop connes, les filles.

– Comme dirait Sun Tzu : « Mieux vaut se foutre de la gueule de son patron avant qu'il prenne du galon ! »

Elliot s'esclaffe avec nous. Après avoir passé une bonne quinzaine de minutes à se lancer de faux extraits de *L'art de la guerre* et à rire aux larmes à en avoir des crampes, on arrive enfin à réviser (un peu) la matière pour notre examen de maths.

Chapitre 1-21

À: laurie@mail.com
De: sam.brodie@mail.com
Date: Lundi, 12 octobre, 18 h 56
Objet: Condamné aux travaux forcés

J'ai eu un message d'une Laurianne dans ma boîte
de réception hier. J'sais pas qui c'est. Peut-être une
riche héritlère d'un pays exotique sur un continent
éloigné qui souhaite entrer en contact avec
moi pour que je l'aide à immigrer en échange
d'un pourcentage significatif de sa fortune?
Je doute que ce soit son vrai nom. Ça doit être
de l'hameçonnage. Je ferais peut-être mieux de
bloquer son adresse.;-)

Alors, comment va ma fille de ville préférée?
Ici, contre toute attente, on m'a demandé des
nouvelles de toi. Je n'ai pas pu mentir. Je leur ai dit
que tu t'emmerdais solide, que tu faisais des crises
d'agoraphobie et qu'on allait te retrouver dans un
hôpital psychiatrique. Que la stricte vérité, je te dis!

J'aurais bien aimé buter du zed avec toi vendredi
dernier, mais je devais aller m'acheter de nouveaux
vêtements avec ma mère (l'horreur!). Quand on est
enfin revenus, tu n'étais plus sur le réseau.

Selon ma mère, mes «vieilles guenilles» (mon
kangourou noir préféré en tête de liste) sont
toutes usées. Je les aime bien, mes guenilles,
moi. Surtout mon kangourou! C'est mon fétiche.
Je voulais du Jack & Jones, mais, supposément,
c'était trop cher. Alors on a fait le tour du centre

commercial. Je ne compte pas le nombre de regards de travers lancés à ma mère chaque fois qu'elle décrochait un chandail laitte de l'étalage, ou pire, une chemise bleu poudre simili chic. De mon côté, j'avais droit à de gros yeux et à un soupir quand elle voyait l'étiquette des morceaux qui m'intéressaient (c'est pas de ma faute si mon sens du style exige ce qu'il y a de mieux!). Une heure de torture plus tard, on s'est retrouvés à l'Aubainerie. Eh oui! J'y ai trouvé quelques morceaux qui ont de la gueule. Tu vas être impressionnée!

Trêve de magasinage, Flo, Émi et Océanne te font dire, et je cite: «*Love*», «Gros câlins» et «T'es *full* trop chanceuse, ma belle, j'm'ennuie tellement *full* trop!» Devine de qui vient le dernier? Et avant que j'oublie, Gabriel fait dire que la ville, ça pue. J

Bon. Ma pause est finie. Comme d'habitude, je suis légèrement en retard en physique. Et puisque t'es pas là pour faire mes devoirs à ma place, faut que je les fasse tout seul. (Misère!) Parce que ma mère est dépassée. J'ai pas le droit de toucher à ma console ou à mon PC tant que je n'aurai pas terminé. Moi qui pensais clairer ça vite, il paraît que je suis obligé de trouver les bonnes réponses, en plus. La vie est trop injuste!!!

Sam

PS: Je m'ennuie de ma *best* et de nos soirées de déconnage. Hâte de te voir en personne.

PPS: À ce sujet, ça te tente-tu de venir en fin de semaine? Ici, les autorités parentales nous ont gratifiés de leur accord.

À : sam.brodie@mail.com
De : laurie@mail.com
Date : Lundi, 12 octobre, 21 h 56
Objet : Re : Condamné aux travaux forcés

Salut Sam !

Dis à ta mère que je suis sincèrement désolée.
Je ne voulais pas lui imposer cette corvée.
(Tu lui diras aussi bonjour de ma part.)
Là, sors-toi les doigts du nez, arrête
de rêver à Daphnée et concentre-toi !

Sérieux, au besoin, si tu comprends pas, je
pourrais t'aider sur Skype. Ce serait du tutorat,
genre. Pas que j'aie peur de me retrouver seule
sur la *Ligue* parce que tu coules tes examens,
mais parce que j'ai une âme charitable. ;-)

Tu m'as vraiment manqué vendredi dernier. Ça a
été la pire journée de toute mon existence, *EVER* !
Tu te souviens de cette chère Sarah-Jade, celle
qui m'a fait une jambette il y a deux semaines ?
Elle a récidivé. Elle nous a totalement attaqués à la
bombe puante dans un cubicule de la bibliothèque
sur l'heure du midi ! Incroyable ! On était embarrés
dans le local et il y avait tellement de fumée
que l'alarme s'est mise à sonner. Les pompiers
sont venus à l'école. On s'en est sortis avec
une bonne frousse.

On n'a pas vraiment de preuve que c'est elle,
mais disons que c'est assez clair dans notre esprit.

On croirait que le destin aurait décidé de s'attaquer
à quelqu'un d'autre après ça. Mais non ! Oh que

non. C'était loin d'être fini. Il y a acharnement karmique.

Comme t'étais trop occupé à magasiner (je doute que les trois nouvelles «guenilles» que tu as dégotées m'impressionnent tant que ça, je te connais trop), je me suis effectivement ramassée toute seule à jouer à *Z-héros*. En explorant un peu, je suis tombée sur deux ou trois maisons abandonnées où j'ai pu renflouer le stock de vivres qu'on m'avait volé. Mais je suis encore tombée sur deux colons qui sont venus me gâcher ma soirée. Comment se fait-il que les gars deviennent si cons quand ils se retrouvent devant un ordi? Peux-tu m'expliquer ça, toi? Est-ce que votre QI est coupé de moitié quand vous appuyez sur ON?

C'est toujours la même rengaine. Toujours les mêmes répliques. J'ai rien contre le niaisage, tu le sais, je suis même plutôt pour. Mais il y a une sacrée limite. Pourquoi faut toujours qu'ils en viennent à « *Tits or GTFO* »? Ou à me dire que ma place est dans la cuisine pis qu'ils veulent une foutue sandwich au bacon. Qu'est-ce que vous apprenez, les gars, pour nous traiter comme des moins que rien?

Argh! Ça m'enrage.

Tu sais que c'est pas contre toi, Sam. Je sais que t'es pas comme eux. Si tous les gamers étaient comme toi, je ne serais pas encore en train de chialer…

Si tous les gamers étaient comme toi, je serais tellement en train de tous vous botter les fesses.;-)

Enfin bref.

Parlant de la *Ligue*, La Grotte, la place dont je t'ai parlé, organise un tournoi et on s'est inscrits – « on » étant Charlotte, Elliot, Margot et moi. On était tellement excités tantôt que j'ai même pas remarqué s'il y avait des prix à remporter. Peu importe, on va vraiment s'éclater. J'ai hâte que tu rencontres ma nouvelle gang; je suis certaine que tu vas bien t'entendre avec elle. Charlotte est aussi jaseuse que toi, sinon plus (dur à croire, mais c'est vrai). Sauf qu'elle, elle est *cute*.

Laurie

xxx

À : sam.brodie@mail.com
De : laurie@mail.com
Date : Lundi, 12 octobre, 21 h 59
Objet : WOUHOU !!!

Avoue que tu pensais que je ne l'avais pas vue. ;-)

J'accepte l'invitation avec plaisir !

Laurie

Chapitre 1-22

J'ai l'impression d'avoir sept ans et d'attendre l'arrivée de Noël. Mes jours sont constitués d'une part égale d'excitation et de torture. J'ai tellement hâte à la fin de semaine que j'en ai de la difficulté à me concentrer !

Elliot me tire de mes rêveries comme lui seul sait le faire :

— Je sais pas pour vous, les filles, dit-il en déposant son cabaret et en prenant place à la table, mais je triperais d'avoir ma propre trame sonore.

— De quoi tu parles ?

— Comme un *leitmotiv* ? demande Charlotte.

— Un quoi ?

— Un motif musical. Comme celui de Vader : Pom pom pom, pa-da-dam, pa-da-dam, fait-elle en fredonnant.

— Exactement ! dit Elliot. J'aimerais ça avoir un thème qui joue quand je pénètre dans une pièce.

— C'est vrai que ce serait *cool*. Tu joues à la *Ligue*, et là, BAM ! T'as ta musique qui embarque. Mais disons que ça ruinerait l'effet de surprise pas à peu près.

— Pas juste dans les jeux. Dans la vraie vie aussi !

— Genre que chaque fois que tu entrerais dans une classe, tout le monde entendrait le thème d'Elliot ?

— Oui, madame !

– Tu imagines la cacophonie ?

– J'y ai pensé. C'est pour ça que le mien devrait être lourd et fort, avec plein de violons, de trompettes et de percussions qui jouent de manière à enterrer celui des autres.

Sacré Elliot. Il n'est pas si égoïste que ça, mais il sait exactement comment s'y prendre pour faire réagir Charlotte, qui mord à l'hameçon.

– C'est très gentil de ta part de vouloir occulter notre insignifiante existence.

– Bon, OK. Pas tout le temps, corrige-t-il. Avoue que ce serait amusant quand le prof te pose une question et que tu y réponds correctement. Toi, Charlotte, ce serait quoi ?

– Ouh… C'est difficile comme question, dit-elle tout haut. Je peux choisir le compositeur ?

– Pourquoi pas.

– Mais là, il y a trop de choix ! s'exclame-t-elle de façon dramatique.

Typique Charlotte.

– Heu… Quelque chose d'un peu *gipsy*… ou non, je sais ! fait-elle en levant le doigt en l'air. Une toune jazzée et rétro. Pour que ça détonne.

Elliot ouvre la bouche, mais elle revient à la charge.

– Est-ce que c'est obligé d'être un compositeur de musique de film ? Ça pourrait pas être un groupe ou une *pop star*, à la place ?

Charlotte s'emploie à chercher la meilleure réponse possible, comme si ça comptait pour un examen.

– Oh arrête ! Je suis pas capable de faire un choix. Je te dis que t'en as des questions faciles, toi, ce midi.

Elliot rit et se tourne vers moi :

– Toi, Laurie. Ce serait quoi ton genre de toune ?

Son regard me transperce, comme s'il essayait de lire en moi. Je me sens légèrement inconfortable.

– Je pense… Je pense que j'aimerais que ce soit du Trent Reznor.

– Le gars de Nine Inch Nails ? Du métal industriel, vraiment ?

Elliot m'observe comme si je venais de lui avouer que je suis une yakuza et que sous mon t-shirt, des tatouages de dragons me couvrent le corps de la tête aux pieds.

– Laurie est une *goth* dans l'âme ! s'exclame-t-il.

C'est vrai que Nine Inch, c'est pas trop trop facile d'approche. J'ai déjà écouté l'un de leurs albums une fois, parce que Yan et mon père étaient *fans* du temps où ils étaient au cégep. Pas. Trop. Mon. Genre.

– C'est lui qui a composé la musique du film sur Facebook.

– Ah ouin ? Tu m'en apprends une, dit Charlotte.

– Ah ben ! Charlotte est bouchée ! Je ne pensais jamais voir venir ce jour ! s'exclame Elliot en me tendant la main pour que je lui fasse un *high five*.

– Il a aussi fait celle du *remake* américain de *Millenium*, que j'ajoute.

257

Qui s'adonne à tomber dans mon *top* 10 de films de *hackers* (une position derrière la minisérie suédoise) à cause de la présence de Lisbeth Salander.

Je suis loin d'être tatouée comme elle. Je suis plutôt du genre zéro tatouée. Et je suis loin d'être pressée de me faire transpercer la peau par une aiguille, mais si j'avais le choix, j'opterais totalement pour un dragon dans le dos.

La question d'Elliot est plus révélatrice qu'il ne pourrait le croire. En répondant, je n'avais pas envisagé d'en dévoiler autant sur moi. Ce que j'aime de la musique de *Réseau social*, c'est sa lenteur, sa noirceur, le fait qu'il n'y ait pas vraiment de motif. On l'entend sans pouvoir l'identifier tout de suite. Le leitmotiv pompeux d'Elliot viendrait camoufler ma présence. L'ennemi ne pourrait pas deviner que je me tapis non loin. Je me fondrais incognito dans le paysage.

À côté de moi, Margot est encore plus silencieuse qu'à son habitude, si cela est humainement possible. Ses yeux sont rouges de fatigue. Elle n'a pas dit un mot de la matinée.

– Toi, Margot, ce serait quoi ? que je lui demande.

– Je sais pas… dit-elle en haussant les épaules.

– Allez ! Dis-le-nous. On rira pas, promis, la taquine Elliot.

Elle se lève précipitamment.

– Faut que j'aille aux toilettes, lance-t-elle en serrant son sac contre elle.

– T'es ben con, Elliot !

– Quoi ? Qu'est-ce que j'ai dit ?

Alors que Charlotte accuse Elliot d'avoir heurté Margot en voulant faire le pitre, je remarque qu'elle a laissé son lunch sur la table. Elle n'en a pas pris une seule bouchée. Je le range dans le sac de papier.

– Moi aussi, je dois y aller. J'ai un livre à remettre à la bibli. On se voit tantôt.

Sac en main, je me dirige vers les toilettes plutôt que vers la bibliothèque. Margot n'est pas d'un naturel jaseux. On peut en arriver à l'oublier, tant elle se fait discrète. Maintenant que j'y pense, ça fait deux ou trois jours qu'elle a l'air maussade.

Lundi soir, elle blaguait à propos de ses parents qui auraient pu lui interdire de participer au tournoi. J'espère que ce n'est pas ce qui est arrivé. Ce serait vraiment trop poche. Non. Elle nous l'aurait dit. Ce n'est pas le genre de chose que l'on cache.

En arrivant devant la porte des toilettes, ça me frappe. Hou... Ça, c'est gênant. Pas surprenant qu'elle ne veuille pas en parler. Si elle a la gastro, elle doit avoir l'estomac tout à l'envers. Elle aurait dû rester chez elle. J'espère qu'on n'a pas tous été contaminés. C'est mortel, une gastro ! Au sens figuré, bien sûr. Disons que c'est pas vraiment agréable, comme maladie.

– Margot ? T'avais oublié ton lunch... Margot ?

Des pleurs proviennent d'un des cabinets. Je me penche et aperçois les pieds de Margot sous la porte. Il n'y a que nous.

– Ça va, Margot ? Pourquoi tu pleures ?

– Laurie, c'est toi ?

– Qu'est-ce qui se passe ? Es-tu malade ?

– Non, dit-elle en reniflant. C'est pire.

La porte s'ouvre. Margot est assise sur le siège et pleure à chaudes larmes. Je ne suis pas certaine de ce que je dois faire. Je me sens mal à l'aise de la voir ainsi. Y a-t-il un protocole à suivre pour la réconforter ? Avec Sam, c'est tellement plus simple. Quand on braille – et je ne me souviens pas de la dernière fois où je l'ai vu verser une larme –, on se donne une bine, on rit, on *bitche* le con à l'origine de notre malheur et on passe à un autre appel. Une bine n'est peut-être pas appropriée en ce moment.

Soudainement, Margot se lance dans mes bras et pleure de plus belle.

Alors je la serre, je lui flatte le dos et lui dis que ça va aller. Ça semble fonctionner parce qu'après quelques minutes, elle relève la tête.

– Je suis désolée…

– Hein ? Pourquoi ?

– Je pense que j'ai morvé sur ton chandail.

– C'est pas grave, voyons. Dis-moi plutôt ce qui se passe. Pourquoi tu pleures ?

– Tu sais pas ?

Je n'ai aucune idée de ce qui pourrait l'affecter ainsi. À moins que ma première idée ait été la bonne et qu'elle soit abattue de ne pas pouvoir participer au tournoi…

– Ben non, que je dis. Qu'est-ce qu'il y a ?

Margot me tend son cell. L'application Facebook est ouverte. Il y a une photo.

Oh...

Maintenant je comprends la raison pour laquelle elle est effondrée. On le serait pour moins que ça. Quelqu'un a pris une photo d'elle en cachette alors qu'elle attachait ses souliers pendant un cours d'éduc. Si c'était juste ça. Mais on a *photoshoppé* l'image de manière rudimentaire. Margot a maintenant les fesses en l'air. Et une énorme tache de sang a été ajoutée. Ses yeux sont exorbités. De ce regard de mouche cartoonesque, elle fixe un Simon qui a été ajouté à la photo. Toutes les publications qui se trouvent sur cette page la tournent au ridicule.

– La moitié de l'école aime la page... me dit-elle, la voix tremblante.

J'ai mal pour elle.

Les chiffres parlent d'eux-mêmes. Le nombre de « j'aime » est hallucinant. Chaque fois que quelqu'un aime cette page, chaque fois que quelqu'un clique sur une des publications, Margot doit le ressentir comme une trahison.

L'existence de cette page m'était inconnue, ce qui n'est pas étonnant, vu que je n'ai pas encore beaucoup de contacts FB dans cette école. Ça me donne vraiment le goût de retourner dans mon petit patelin tranquille.

– Je me demandais pourquoi tout le monde me regardait drôlement cette semaine. Ce matin, j'ai voulu faire croire à mes parents que j'étais malade, mais ma mère a bien vu que je *fakais* et elle m'a obligée à venir.

– Leur as-tu dit ?

– Non...

La simple idée de le faire semble la terrifier.

Ils comprendraient, non ? Il n'y a pas un parent assez sans-cœur pour ne pas éprouver de l'empathie envers son enfant dans ce genre de situation.

– Tu aurais dû nous en parler.

– Je voulais pas que vous riiez de moi.

– Voyons, Margot. On est tes amis. Pourquoi on ferait ça ?

– Je sais pas... C'est tellement humiliant. Je sais plus quoi faire. Ça fait deux jours que je dors pas et que je surveille la page pour voir la prochaine affaire qu'ils vont publier. Pis, je sais pas si t'as remarqué, mais même les secondaires un se sont mis à me niaiser dans les couloirs. C'est clair que j'ai plus aucune chance avec Simon... Je peux pas sortir d'ici. J'ai pas envie qu'on me voie. Je veux juste... Je veux juste me cacher dans un trou, dit-elle finalement en se remettant à pleurer. Qu'est-ce que je vais faire, Laurie ?

– À propos de quoi ? demande Charlotte en arrivant sur les entrefaites.

Je lui montre le téléphone de Margot. Sa réaction est instantanée : elle explose !

– Ah ! Les écœurants ! Si c'était pas ton cell, je le lancerais au bout de mes bras. Mais là, j'ai vraiment envie de pisser. Scusez, les filles, dit-elle en me redonnant le téléphone et en entrant dans l'autre cabinet.

De l'extérieur des toilettes, Elliot demande :

– Qu'est-ce qui se passe, les filles ?

Nous sortons toutes les trois des toilettes ensemble. Charlotte tient une Margot encore sanglotante dans ses bras. Nous sommes enragées. En nous voyant, Elliot prend peur. Il nous demande à nouveau ce qui se passe. Après que Charlotte et moi lui avons résumé la situation, Elliot est tout aussi indigné que nous. Il y a de quoi.

– Ça a pas d'allure ! crache-t-il.

– On ne va pas rester là les bras croisés, dit Charlotte.

– Oh que non, dis-je. La bombe puante, c'était déjà quelque chose, mais ça, c'est la goutte. Faut agir tout de suite.

– Absolument ! dit Charlotte.

– Ouais, fait Elliot.

Je me retourne vers Margot, qui s'est accroupie au pied du mur et se cache toujours le visage dans les mains. Elle lève les yeux vers nous. Son maquillage, quoique discret, a dégouliné, lui donnant des yeux de raton.

– Faut aller voir monsieur Monette, que je propose fermement.

Margot donne son assentiment d'un signe de tête.

– OK... Je vais aller le voir... après les cours.

– Non, pas après les cours. C'est maintenant qu'il faut y aller.

– Pis on y va avec toi, ajoute Charlotte. Pas question qu'on te laisse toute seule.

La cloche de la reprise des cours retentit. Au fond de moi, une petite boule d'angoisse cherche à se former parce que je suis en retard à mon cours, mais je la refoule. Il y a plus important. Plus urgent. Margot semble, elle aussi, réticente à foxer le cours, mais elle prend la main que je lui tends et se relève. Ensemble, nous allons voir le directeur.

En nous voyant venir, monsieur Monette sort de son bureau et vient à notre rencontre.

– Jeunes gens, dit-il avec enthousiasme, c'est toujours un plaisir de vous voir, mais nous semble-t-il que la cloche vient de sonner. Ne devriez-vous pas être en classe ?

– Il faut qu'on vous parle, dit Charlotte.

– Maintenant ?

– C'est urgent. C'est une question de vie ou de mort, précise Elliot.

– Dans ce cas, venez. Entrez, dit-il. Notre bureau vous est toujours ouvert.

Il y a une drôle d'énergie qui se dégage de la pièce. Je ne suis pas la seule à la ressentir. Dès que nous mettons le pied dans la pièce, nos yeux se tournent vers les nombreuses images de chats qui ornent les murs, comme si elles étaient là pour détourner notre attention. Si c'est le cas, ça fonctionne vraiment bien.

Nous laissons s'asseoir Margot et restons debout derrière elle, pour la soutenir psychologiquement.

– Notre instinct nous dit que nous sommes réunis ici pour vous, mademoiselle Désilets-Falardeau. N'est-ce pas ?

Sa capacité à retenir le nom de chacun des élèves me fascine. Chaque fois que je le croise dans l'école, il apostrophe quelqu'un par son nom. Sans jamais se tromper. C'est à croire qu'il a appris la liste des élèves par cœur. Avec la quantité de noms de famille composés qui sévit dans les rangs « estudiantins », c'est très impressionnant !

Margot hésite, va pour parler, mais se ravise. Elle nous regarde et tend finalement son cellulaire au directeur. Une image vaut mille mots.

– Ah ! Le Facebook ! s'exclame-t-il. Le livre des visages. Nous venons tout juste d'y ouvrir un compte. Car il nous faut être à la page ! Ha ha ha ! Très particulier comme site. Nous aurons peut-être quelques questions pour vous.

En temps normal, c'est toujours bien de détendre l'atmosphère, mais l'heure est grave ! Ce n'est pas le temps de niaiser. L'expression sur nos visages parle d'elle-même, car le directeur reprend un air sérieux et ramène son attention au cellulaire.

– Est-ce que ce compte est le vôtre ?

Margot fait non de la tête.

– Alors… c'est… dit-il, incertain.

Le regard de monsieur Monette passe du cellulaire à nous et revient au téléphone. Le directeur est si désemparé qu'il en perd son « nous ».

– Heu... Comme je vous le disais il y a un moment, je ne saisis pas encore toutes les subtilités de ce site. Pour tout vous avouer, ajoute-t-il sur le ton de la confidence, je suis, comme on pourrait dire, du genre technonul.

Charlotte, toujours aussi enragée que tantôt – elle doit être immunisée contre les images de chatons –, se met à expliquer.

– C'est une page. Une page qui a été faite pour humilier Margot. Regardez les photos. Elles ont toutes été manipulées.

– Bien évidemment. Les yeux de mademoiselle Désilets-Falardeau sont loin d'être aussi globuleux dans la réalité.

Elliot ajoute :

– Toutes les photos la ridiculisent et lui font dire des choses qu'elle n'a jamais dit.

– Dites.

– Hein ?

– « Des choses qu'elle n'a jamais dites ». L'heure a beau être grave, elle n'est jamais si grave que l'on ne doive pas soigner notre langue, monsieur Morin.

Après avoir déposé le cellulaire devant lui, le directeur se croise les doigts. Je vois dans ses yeux qu'il cherche à comprendre ce qui nous arrive; qu'il doit, encore une fois, procéder à une enquête.

Cette école a de drôles d'effets sur moi. Ça fait à peine trois semaines que je la fréquente que j'en suis presque à appeler le directeur par son prénom, tant on s'est vus souvent au cours des derniers jours. Pourtant, à mon école à la campagne, c'est à peine si je savais où le bureau du directeur était situé – quelque part près de la porte d'entrée, probablement – et c'était très bien ainsi.

– Ce n'est pas vous, Margot, qui êtes à l'origine de cette page ?

– Bien sûr que non !

– Monsieur Monette, si je peux me permettre, on va appeler un chat un chat, que je dis sans arriver à éviter le jeu de mots. Margot est clairement victime de cybertintimidation.

– Clairement, convient-il, l'air grave. Pouvez-vous me dire qui est à l'origine de ces attaques contre votre camarade ?

On se questionne du regard.

– Eh bien, on a des doutes...

– Des doutes ?

– C'est que... l'administrateur de la page a pas vraiment écrit son nom.

– Des menaces anonymes. C'est malencontreux.

– C'est Sarah-Jade ! déclare Charlotte, une fraction de seconde avant moi. C'est elle qui a tout manigancé. Pis c'est pas correct, ce qu'elle fait vivre à Margot. Faut que vous fassiez quelque chose. Assez, c'est assez ! Je ne sais pas quelle mouche l'a piquée, mais c'est devenu de l'acharnement, du véritable harcèlement. Elle nous a pris en grippe et a décidé de faire de notre vie à tous un véritable enfer.

– Vous avez bien raison, Charlotte. Par contre, j'ai bien peur que nos pouvoirs en la matière soient limités. Laissez-moi vous dire ce qui va se passer. Je vais convoquer Sarah-Ja... mademoiselle Thibault pour la rencontrer et discuter avec elle. Votre dénonciation, naturellement, sera confidentielle. À moins qu'elle ne reconnaisse les faits et s'avoue coupable, mes mains sont liées. Il nous faut des preuves. Solides. Dès cet après-midi, je ferai une déclaration à l'interphone pour offrir au responsable la chance d'admettre son geste. La page en tant que telle, dit-il en faisant des guillemets avec les doigts, est hors de ma juridiction. Il vous faudra alerter les forces de l'ordre...

– La police ? fait Elliot.

– C'est ce que l'on sous-entend généralement par « forces de l'ordre », mais je doute que cette page soit pour eux une priorité.

Chapitre 1-23

– Qu'est-ce que tu attends au juste ? me demande un homme derrière moi.

C'est vrai, au fond, qu'est-ce que j'attends ? Depuis le jour du déménagement, je ne rêve qu'à ça : retourner dans ma vraie ville, dans ma campagne. On m'a déracinée et pourtant, chaque jour, c'est un peu moins pire et je me trouve à créer de nouveaux liens avec cet endroit qui me rebutait tant au départ. J'ai tellement souhaité ce moment, de retrouver Sam et mes « vieux » amis, que je ne sais plus trop comment réagir. La porte béante de l'autobus me terrorise. Comme si je trahissais ma nouvelle vie. Ou comme si je reconnaissais avoir déjà trahi Sam. Je ne sais plus.

Faut dire qu'avec cette journée – cette semaine ! –, je n'y vois plus clair.

À la suggestion de monsieur Monette et avec sa permission, Margot s'est absentée pour la fin de la journée. Elle paraissait un peu mieux, mais nous savions tous l'état dans lequel elle se trouvait. Manifestement, elle n'aurait pas eu la tête à suivre ses cours.

Au milieu de l'après-midi, le directeur a bel et bien fait son annonce. C'était un peu énigmatique, mais tout le monde a compris le fond. Parce qu'à peu près tout le monde connaissait l'existence de cette page Facebook. Tout au long du discours du directeur, j'ai observé

Sarah-Jade. À aucun moment n'a-t-elle laissé transparaître que ce pouvait être elle qui était derrière la page. Au contraire, elle a même paru scandalisée.

Sale menteuse !

L'internet m'a appris de bien pires insultes, mais je les conserve dans un fichier à part pour un jour spécial. Un jour terrible.

J'embarque finalement dans l'autobus et me trouve une place près d'une fenêtre.

Un vendredi comme les autres, nous nous serions sûrement rendus à La Grotte pour décanter notre journée. Guillaume nous aurait prêté son oreille. Sous l'œil amusé de Margot qui aurait été en train de dessiner dans son cahier de croquis, Elliot aurait débattu avec Charlotte de la pertinence d'ajouter une seconde intercalaire à l'année, pendant que j'aurais fureté sur un blogue techno. Nous nous serions affrontés à la *Ligue* avant de nous quitter pour aller souper.

J'ai l'impression qu'on abandonne Margot dans la tourmente. Une partie de moi croit que j'aurais dû annuler ma visite chez Sam. Une autre est vraiment excitée à l'idée de le revoir.

J'envoie un texto de groupe :

Désespère pas, Margot. On est avec toi. On va trouver une solution.

Aussitôt, les réponses affluent :

T'as raison. On va la démasquer.

Là, est-ce que je peux mettre mon masque de Guy Fawkes ?

☺

Vous êtes les meilleurs. ♥

Puis un second à Sam pour l'avertir que je suis en route.

Je suis fatiguée d'avoir cette Sarah-Jade en tête à toute heure du jour et de la nuit. Alors je sors le cartable de notes de mon cours d'histoire. J'en ai pour une heure et demie de route, aussi bien en profiter pour réviser. Parce que l'histoire, je dois l'avouer, ce n'est pas ma tasse de thé. Mon dada, c'est les chiffres.

Les maths, ça a toujours été ma grande force. La physique, c'est des maths, donc je fais ça les doigts dans le nez. Pour ce qui est du français, il suffit de le traiter avec une logique rigoureuse, comme si chacune des règles était une formule à appliquer, pour s'en sortir assez bien. C'est plus facile à dire qu'à faire, mais je m'en sors avec des résultats au-dessus de la moyenne. L'anglais ? J'ai un accent, mais je suis parfaitement « fluide » à l'écrit, comme disent les Chinois.

Mais l'histoire... L'histoire ! Urgh.

Pourquoi doit-on apprendre des dates par cœur ? Quel est l'intérêt de connaître la date de naissance d'un monarque qui est mort il y a de cela plus de trois cents ans ?

Je peux réciter le nom de tous les seigneurs des sept royaumes, ceux de Gondor aussi, je peux débiter le nom de toutes les planètes visitées par le capitaine Patenaude et son équipe, ainsi que les dates stellaires des plus grands événements de la Fédération des Planètes Unies, mais les dates qu'on nous demande pour le cours d'histoire, pas capable ! Si au moins le manuel avait été écrit par Élisabeth Vonarburg !

Finalement, je n'ouvre pas mon cartable. Je regarde par la fenêtre en le tenant dans mes mains. Une fine pluie s'est mise à tomber depuis que nous sommes sortis de la ville. Le trajet est long et sinueux. Et en ce mois d'octobre, il fait déjà sombre, ce qui réduit d'autant plus la visibilité.

Quand j'arrive enfin à destination, j'ai la nausée de m'être autant fait brasser par l'autobus. Le chauffeur immobilise son véhicule juste devant le dépanneur Belle Lune, qui fait office d'arrêt.

Samuel est là à m'attendre, immobile sur le trottoir. Ses cheveux mouillés par la pluie lui collent au front. Le lampadaire érigé à l'extrémité du minuscule stationnement à trois places du dépanneur l'inonde

de sa lumière froide et lui donne une apparence fanto-
matique. Les mains ainsi plongées dans les poches, il
ressemble un peu à John Constantine.

– Hé, me lance-t-il, ce qui est plutôt laconique pour
Sam.

Deux mètres me séparent de mon meilleur ami.

Maintenant que je suis ici, revenue dans ma ville,
même si ce n'est que pour une courte fin de semaine,
je suis paralysée. C'est pourtant ce que je voulais.
J'ai toujours cru que les vraies amitiés avaient la capacité de résister au temps. Que deux amis se retrouvant
après des années reprendraient la conversation là où
ils l'avaient laissée. Sam et moi, on est liés. Il y a toujours eu une sorte de connexion entre nous que nous
n'avons jamais vue ni retrouvée chez les autres. Ce soir,
pourtant, ce ne sont pas deux mètres, c'est tout un univers qui nous sépare. Comme si le routeur entre nous
faisait défaut.

Puis nos ordinateurs internes redémarrent. Ils
trouvent le signal, l'identifient, et la connexion se
rétablit. Je souris comme j'ai rarement souri. C'est si
intense comme émotion, si incompréhensible, que des
larmes me montent aux yeux. Par chance, elles sont
camouflées par la pluie qui ruisselle sur mon visage.

– Ça va ? me demande-t-il.

Il n'a pas idée. J'avais perdu un bras et on vient de
me le recoudre.

Soudainement, c'est plus fort que moi, je fais ce que je n'ai jamais fait, je le prends dans mes bras et le serre contre moi.

– Oui… que je soupire. Ça a juste été long… une longue route.

La maison de Sam est à moins d'un kilomètre. Les premières minutes passent dans le silence. Peut-être attend-il que je lance la conversation ? Moi, je me réjouis de l'avoir enfin retrouvé. Les mots sont inutiles. On jase pratiquement tous les jours par texto, par Skype, par le *chat* de la *Ligue.* Je sais qu'il sait que je me suis ennuyée de lui. J'ai envie de lui dire. Mais je ne le fais pas.

Je ne sais pas pourquoi…

Pour nous sortir de notre mutisme, je ne vois qu'une seule solution. Je prends mon élan et lui assène une bine monumentale sur le bras.

– Ouch ! C'était pourquoi, ça, Laurie ?

– Tiens ! Tu parles !

– Tu m'as fait vraiment mal… dit-il en se frottant le bras.

– Arrête donc de te plaindre.

La pluie fine qui tombait sur nous se transforme en averse et, naturellement, Sam étant un gars qui ne prévoit pas plus loin que le bout de son nez, il n'a pas apporté de parapluie. Nous nous mettons à courir. Sam coupe par le terrain d'un de ses voisins, mais il perd pied et glisse sur l'herbe mouillée. Je lui tends la main pour l'aider à se relever. La jambe droite de son jean est détrempée. Quelques instants plus tard, nous nous réfugions chez lui. Sa main toujours dans la mienne.

– Laurianne ! Ça fait si longtemps ! Je suis tellement contente de te voir, me dit la mère de Sam en me prenant dans ses bras. Mais vous êtes tout trempés, vous allez attraper la mort.

– Ben non... répond Sam.

– C'était juste une averse, que je dis.

– Toi, dit-elle en voyant l'allure de son fils, va te changer. Et ne laisse pas traîner ton pantalon en boule sur le plancher ! ajoute-t-elle alors que Sam file vers sa chambre.

Madame B. prend mon manteau détrempé... « Et ta nouvelle école, elle est bien ? » ... va chercher une serviette pour m'essuyer les cheveux... « As-tu soif ? Veux-tu une collation ? » ... me tend une brosse... « Tu t'es sûrement fait de nouveaux amis ? » ... me la retire aussitôt des mains... « Samuel Brodeur ! » « Quoi ? » « Qu'est-ce que j'ai dit pour ton pantalon ? » ... et se met à me démêler les cheveux.

– T'es ben envahissante, m'man, intervient Sam en nous rejoignant dans la cuisine. Laisse-lui le temps d'arriver. Eille, dis donc, peux-tu nous faire un lift au cinéma ?

– Pas ce soir. Je t'ai dit que je sortais rejoindre Maryse.

– Ah ouin, c'est vrai...

– Je vous ai préparé de la lasagne.

Yes ! S'il y a un plat incroyablement long à préparer, c'est bien de la lasagne. C'est pour ça que mon père n'en fait jamais. Et surtout parce qu'après avoir goûté à celle de la mère de Sam, il a dû reconnaître que sa recette à elle était la perfection incarnée. Meilleure que du Ricardo ! Impossible pour lui d'en refaire tant il s'est convaincu qu'il est médiocre.

– Elle est dans le four. Quand ça sonne, c'est que c'est prêt. Bon, je dois partir. Couchez-vous pas trop tard, nous dit-elle en enfilant son manteau.

– Bye, m'man !

– Bye, madame B !

On finit par faire ce qu'on a fait des dizaines de fois auparavant : on s'installe dans le salon pour manger un morceau de la meilleure lasagne au monde et on *chill* en regardant la télé. Sam me lance la manette et je zappe tout de suite à MusiquePlus, où *Lip Sync Battle* est en train de jouer. Quand un des invités de l'émission se met à « chanter », et surtout à danser sur *Uptown Funk*, nous nous mettons à faire de même dans le salon de Sam. Dès le premier refrain, je bafouille, mais Sam est sur la coche. Il la connaît par cœur, cette chanson.

Je prends la manette et appuie sur PAUSE.

– Vas-y donc, si t'es si *hot*.

– OK, mais après, t'en fais une toi aussi !

Je ris et recule l'émission au début de la chanson.

– *Do. Do-dou-dou, do-dou-dou, do-do !*

Do-dou-dou, do-dou-dou, do-do ! se met-il à mimer.

Debout, Sam prend un air *cool*, même s'il n'a pas le centième du *swag* de Bruno Mars. Je monte le volume. Dès les premières notes, il se met à faire les mouvements de la vidéo. C'est qu'il a appris la chorégraphie, ma parole ! Depuis quand Sam a-t-il appris à se déhancher ainsi ? Sa performance est loin d'être parfaite, mais l'effort est là et c'est juste trop tordant :

I'm too hot, hot damn !
Called a police and a fireman
I'm too hot, hot damn !
Make a dragon wanna retire, man
I'm too hot, hot damn !
Say my name, you know who I am
I'm too hot, hot damn !
Am I bad 'bout that money
Break it down

La tentation de faire la groupie est trop grande, je chante avec lui. Le meilleur, c'est qu'on dirait que les applaudissements des spectateurs de l'émission lui sont destinés. Je ne sais pas comment il fait, mais Sam réussit à garder son sérieux jusqu'à la fin de la chanson.

– T'es ben génial ! que je lui dis en lui faisant un double *high five.*

– J'ai surtout beaucoup de temps libre depuis que t'es partie. OK, c'est à toi !

La télé de Sam se connectant à internet, j'accède à YouTube pour trouver la vidéo que j'ai choisie. Il n'y a pas que Sam qui peut apprendre des chorégraphies par cœur. Je démarre la vidéo et lance la manette sur le divan. Après les deux mesures obligatoires, je me jette à l'eau :

I stay out too late

Got nothing in my brain

That's what people say, mmm-mmm

That's what people say, mmm-mmm

Pendant quatre minutes, je me trémousse à la manière de Taylor Swift. Je suis loin d'être aussi sexy et aussi talentueuse qu'elle. Mais je m'en fous. La chanson est parfaite pour moi. J'aime la simplicité de Taylor, le fait qu'elle n'arrive pas à la cheville des danseurs professionnels de son vidéo, mais que ça ne la dérange pas et qu'elle continue de danser quand même.

But I keep cruising

Can't stop, won't stop grooving

It's like I got this music

In my mind

Saying "It's gonna be alright"

Il n'y a rien qui bat une soirée de déconnage avec son meilleur ami. Nous mettons le volume dans le fond et dansons comme nos chanteurs préférés sans nous inquiéter de la réaction des voisins. Sam remonte sur notre scène improvisée pour interpréter *All About That Bass*, le méga succès de Meghan Trainor. Le voir se remuer le *booty* est juste trop tordant. À mon tour, je choisis *Conscience*, de Marie-Mai. Quand c'est l'ange qui parle, je me ramène les cheveux dans le visage, et les pousse vers l'arrière pour le rôle de la démone. En tentant d'être sensuelle, je me mordille les doigts. Notre scène est minuscule et il faut faire attention aux plantes du salon, mais on l'occupe comme si on performait au Centre Bell.

– OK, OK. T'es trop forte ! Je m'incline. Attends donc une minute, j'ai une idée.

Il court dans la cuisine, revient avec deux verres en plastique et m'invite à m'asseoir par terre, dos à la télévision. Je n'arrive donc pas à voir ce qu'il cherche. Qu'est-ce qu'il manigance ? La vidéo démarre. Il y a des bruits de cuisson, d'un aliment qui cuit dans une poêle, d'une cloche qui sonne, d'assiettes, d'un ventilateur qui tourne.

Qu'est-ce que c'est ?

Sam ne dit rien et lève les sourcils plusieurs fois en me souriant.

Des mains claquent, on revire un verre. Bien sûr !

À l'aide de nos verres, nous reproduisons les percussions de la chanson en les revirant et nous tapant dans les mains. L'envie est plus forte. On ne *lipsync* pas, on chante pour vrai, tout en douceur, en même temps qu'Anna Kendrick :

When I'm gone, when I'm gone
You're gonna miss me I'm gone
You're gonna miss me by my hair
You're gonna miss me everywhere, oh
You're gonna miss me when I'm gone

Quand *La note parfaite* est sortie, Sam et moi, on a tout de suite appris cette chanson par cœur, comme à peu près tout le monde cette année-là ! C'est un numéro qu'on n'a jamais fait devant personne d'autre, un secret qu'on se gardait pour nous seuls. Je suis étonnée de me rappeler si bien la chorégraphie. Ça fait bien deux ans qu'on ne l'avait pas faite.

On finit par regarder pour la douzième fois une histoire de *hacker* mettant en vedette Thor, qui est dix fois mieux que le navet dans lequel avait joué Wolverine. L'un et l'autre sont irréalistes sur un point : il n'y a pas un *hacker* au monde qui est aussi *cute* et musclé que Hugh Jackman ou Chris Hemsworth.

Chapitre 1-24

Une délicieuse odeur me tire de mon sommeil. Les yeux encroûtés, je me dirige vers la cuisine où je trouve madame B en train de lire le journal sur sa tablette et Sam qui prépare le petit-déjeuner. D'une main experte, il verse de la pâte dans une poêle, tandis que de l'autre, il en remue une seconde où grésille du bacon. Il chante :

J'fais du bacon
J'fais des crêpes au bacon
J'prends du bacon que j'mets dans une crêpe
Crêpes au bacooooooon !

Sam tient de sa mère. Il est plutôt cordon bleu, quoique ses recettes ne se résument encore qu'à des œufs au bacon, du bacon confit, du bacon enrobé de chocolat, des pâtes carbonara au bacon, de la pizza au bacon, des crevettes enrobées de bacon, accompagnées d'une salsa à la mangue et au chili, ainsi que ses célèbres crêpes au bacon. En fait, tout ce qui contient du bacon fait partie de son livre de recettes de base absolument essentielles dont on ne pourrait se passer. Avoir un apprenti-chef comme meilleur ami exige aussi que l'on agisse à titre de goûteuse, ce qui peut parfois devenir lourd. Pas que je me plaigne, car la plupart de ses expériences ont eu des conclusions favorables, mais j'ai souvenir de plusieurs échecs lamentables. Heureusement, rien qui n'ait mené à une restitution en bonne et due forme.

– Tiens, la dormeuse s'est réveillée ! dit-il en me voyant. Café ?

– Depuis quand tu bois du café, toi ?

– Trois semaines. Avec ce corps d'homme qui déborde d'une virile masculinité, j'ai besoin d'un vrai carburant pour me réveiller. Pas d'un minable verre de jus d'orange, dit-il en ajoutant des grognements de gorille.

Du coin de l'œil, j'aperçois sa mère qui me fait non de la tête, mais trop tard. Avant que j'aie pu répondre, Sam me tend une tasse brûlante. « Cuvée Brodeur », précise-t-il, tout sourire. La mixture est noire, opaque, et sent horriblement amer. Il a dû mettre trois fois trop de café pour la préparer.

Manifestement, le cordon a encore des croûtes à manger.

Sam nous rejoint à table avec une assiette débordant de crêpes farcies de bacon. Nous en mettons chacun trois dans notre assiette. Pendant que je noie les miennes dans du sirop d'érable, Sam se verse une nouvelle tasse de café dans laquelle il ajoute six (six !) cuillères de sucre.

Le déjeuner est délicieux, sucré et salé à la fois. Le bacon est croustillant et la cuisson des crêpes est parfaite.

– J'ai ajouté de l'essence de vanille et une pincée de fleur de sel. T'en veux pas ? demande-t-il à sa mère.

– Non merci. Il n'y a que le système digestif des adolescents qui est en mesure d'absorber autant de sucre et de gras d'un seul coup. De toute façon, j'ai mangé un muffin tantôt. Je dois aller au centre commercial cet avant-midi. Si vous voulez que je vous emmène, on pourrait partir dans une heure.

Dans la voiture de madame B, Sam et moi nous assoyons sur la banquette arrière, comme des enfants de huit ans. Ça ne paraît pas déranger sa mère, qui tient la conversation à elle seule tout le long du trajet.

Les magasins viennent tout juste d'ouvrir leurs portes lorsque nous arrivons. La mère de Sam lui laisse un peu d'argent pour qu'il se trouve une chemise propre, mais elle se retourne vers moi et me dit, l'air sérieux : « Je compte sur toi, Laurianne. »

– Pffff! fait Sam, faussement insulté.

Nous avons amplement le temps de faire deux fois le tour du centre commercial, de lécher chacune des vitrines, de trouver la chemise de Sam et de flâner chez E-Z Games, la boutique de jeux vidéo de la place, puisque madame B nous a donné rendez-vous dans deux heures, près de la foire alimentaire.

Pendant que nous marchons, Sam me met à jour sur les potins de l'école. Nico aurait eu une brève histoire d'un jour avec Marianne; Félix et sa blonde se sont laissés, ont repris, se sont relaissés et ont re-repris – rien de nouveau sous le soleil; et Oli a un *kick*, mais il refuse de dire sur qui.

– Pis toi?

– Quoi moi ?

– Fais pas l'innocent, Samuel Brodeur.

– Ahhh ! T'es ben fatigante !

Ce qui, bien entendu, signifie qu'il n'a pas encore fait son *move* pour inviter Daphnée à sortir avec lui. Sam a toujours été un vrai pissou avec les filles. Il n'a jamais eu les *guts* d'inviter une fille aux danses de fin d'année; il fallait que ce soit elle qui vienne le voir. Donc, pour être certain qu'une fille l'invite, je devais lui sortir les vers du nez et aller subtilement en parler à la principale intéressée.

Ce qu'il ne faut pas faire pour son *best* !

Quand on passe devant la boutique Jack & Jones, Sam fait mine d'y entrer.

– Penses-y même pas, bonhomme ! que je lui dis en l'attrapant par le bras. Trop cher pour ton portefeuille.

Un peu plus loin, alors que je lui raconte en détail ma rencontre avec les deux *douchebags* dans *Z-héros*, nous entrons dans une boutique supposément à la mode où je le convaincs d'essayer trois morceaux, mais qui ne lui vont pas du tout.

Chaque fois qu'on entre dans un magasin, Sam se dirige instinctivement vers le fond pour s'asseoir. Faut toujours que je le ramène à l'ordre. Il s'attend à quoi, que je fasse tout le travail à sa place ? Ah oui... Je ne sais pas s'il y a un gène du magasinage qui affecte les femmes et qui est absent chez la plupart des hommes, comme le veut le cliché, mais en faisant le tour des boutiques, j'ai pu constater que les sièges près des cabines d'essayage sont indéniablement là pour les messieurs. Pendant que les femmes essaient trente-six morceaux, leurs chums sont tous assis là à regarder leur téléphone. Je dois être d'une espèce mutante. Je n'ai guère envie de passer ma journée dans une cabine. Comme je magasine surtout avec mon père ou avec Sam, faut que ça se fasse le plus rapidement possible. Faut croire que leur comportement a déteint sur moi !

– Eille ! C'est pour moi qu'on magasine, se plaint Sam quand j'entre chez Garage.

– Arrête donc de chialer ! Je veux seulement voir leurs soldes.

En moins de dix minutes, je ressors de la boutique avec un superbe t-shirt bustier de dentelle noire qui rendra Charlotte folle d'envie – elle va tellement adorer, c'est trop son genre – et un poncho à manches longues ultra confortable.

Sam reçoit un texto sur son cell. C'est Oli.

> party, chez moi, 19 h

Ce à quoi Sam répond :

> Tellement ! On va être là !

Qui ça, « on » ?

Laurie pis moi.

Cool ! ☺

On sait ce qu'on fait ce soir !

Le vêtement idéal se trouve finalement dans un magasin « ben trop chic pour moi » selon Sam.

– Wow ! La classe ! que je lui dis quand il sort de la cabine pour s'observer dans le miroir.

– Tu trouves ?

Avec ses vieux jeans, la chemise blanche, simple, à la coupe ajustée, mais ornée de motifs noirs cachés à l'intérieur du col, lui donne une allure raffinée, voire sophistiquée. Un peu *brit pop*, je dirais.

– Fais-moi confiance. De toute manière, tu le sais que j'ai raison. Tu devrais la mettre ce soir, que je lui propose.

Un party, c'est l'occasion idéale pour étrenner de nouveaux vêtements. C'est clair qu'il va tomber dans l'œil d'une fille. À moins que Daphnée soit aveugle, c'est dans la poche. Moi, je vais en profiter pour mettre mon nouveau *top* !

Comme la nouvelle chemise est en liquidation et ne coûte à Sam que trois fois rien, j'arrive à le convaincre de remplacer son horrible kangourou noir qu'il porte tous les jours, du mois d'octobre au mois d'avril, sans exception. Sa mère sera ravie.

Avec tout ça, il ne nous reste qu'une vingtaine de minutes que nous passons chez EZ Games. Quelques semaines en ville auront suffi pour m'ouvrir les yeux. Cette boutique, qui était mon lieu de prédilection il y a à peine un mois, n'arrive pas à la cheville de La Grotte. Ce n'est qu'une franchise parmi tant d'autres et formatée pour ressembler à tous les autres magasins de la chaîne. Zéro personnalité. Tout le contraire du magasin de Guillaume, qui dégage sa propre vibration dès qu'on y met le pied.

Pendant l'après-midi, nous faisons un peu de devoirs, un peu de révision de physique (on a à peu près les mêmes exercices à faire), et glandons la majorité du temps sur l'ordi.

– Wow, Laurianne ! T'es ben belle ! me complimente madame B lorsque je sors de la salle de bain. Oh, j'aurais tellement aimé ça, avoir une fille ! Ton père est chanceux.

Elle me prend dans ses bras. Son menton tremblote. Elle n'ajoute rien. Il n'y a rien à dire. Je lui réponds par un demi-sourire un peu gauche.

C'est vrai que mon nouveau bustier a de la gueule. Un peu de mascara et de fard à paupières, que j'ai soulignés d'une mince ligne de crayon noir, assombrissent mes yeux. Il y avait aussi un rouge à lèvres qui traînait au fond de mon sac. C'est très rare que je me maquille, mais ça fait si longtemps que j'ai vu tout le monde que j'ai envie de les impressionner. Pour qu'ils ne m'oublient pas.

– Elle est où, Laurie ? demande Sam en me voyant.

– Niaiseux…

– Je blague ! T'es magnifique. T'as l'air d'une vraie fille, ce qui lui vaut automatiquement une bonne bine sur le bras.

– Ouch ! Bon. On y va ?

– T'es pas sérieux ? que je dis.

– Quoi ?

– De un, tu as oublié d'enlever les étiquettes sur ta chemise. De deux, faut qu'on s'occupe de tes cheveux. Ça marche pas du tout.

– Qu'est-ce qu'elle a, ma coupe ?

– Écoute Laurianne, lui suggère sa mère.

Les cheveux de Sam sont épais et rebelles, ce qui l'a rendu adepte du vivre et laisser vivre. Il n'a jamais vraiment tenté de dompter sa coiffure. Fort heureusement, j'ai un atout dans ma manche, plus précisément, de la pâte coiffante dans mon sac.

Les gars n'ont aucune idée de tout ce qu'on doit traîner avec nous !

Armée d'un peu de pâte, je décoiffe savamment Sam. Ça lui prend un look qui va aller avec sa chemise. En donnant à ses cheveux une twist sur le côté, j'arrive enfin à quelque chose. Ça lui fait une tête à la Ed Sheeran. En moins roux.

Sam n'a pas l'air convaincu, mais, encore une fois, la décision ne lui appartient pas. Et c'est tout à son avantage.

Oli habite à quelques pâtés de maisons, alors nous marchons pour nous y rendre. La soirée est fraîche et il ne pleut pas. Presque tout le monde est là lorsque nous arrivons. Malgré que les parents d'Oli ne soient pas présents, le party se tient dans le sous-sol, où il fait déjà chaud.

Discutant en bas des escaliers, Éliane et Mégane sont les premières à m'accueillir.

– Lauriiiiiie !!!

Je passe les minutes suivantes à serrer les filles dans mes bras, qui me complimentent sur mon « look d'enfer », dixit Joanie, à rougir sous le regard persistant des gars – je n'ai pas l'habitude de me montrer le nombril ainsi – et à répondre aux mêmes questions. J'aurais dû rédiger un communiqué de presse pour me sauver du temps.

1) *Je vais super bien.*
2) *C'était* weird *au début, mais je m'habitue. C'est différent.*
3) *Mon école est* cool.
4) *Non, Gab, la ville ne pue pas.*
5) *Non, les gens sont pas fous en ville.*

On retombe rapidement dans nos vieilles habitudes. Ça fait vraiment du bien. Personne ici ne veut ma peau, ce qui est encore mieux. Je m'assois dans le divan et jase un peu avec Félix, qui vide à lui seul un des bols de *chips*, et dont la blonde est assise sur ses cuisses et lui embrasse l'oreille. Qui sait combien de temps leur relation va durer, à ces deux-là ? Je parie qu'ils vont se laisser au milieu de la soirée et reprendre avant minuit.

Nico joue au DJ. Les chansons sont bonnes, mais il passe du rock des années 1970 à du pop contemporain, à du techno puis à du francophone. Pour l'unité musicale, on repassera.

Comme Marianne n'est pas là pour lui mettre des bâtons dans les roues, Sam est (enfin !) en grande discussion avec Daphnée. Avec son look de vedette, il est vraiment le plus *cute* des gars ce soir. Je savais bien que ça ferait son effet ! Surtout que sa mère et moi lui avions formellement interdit de mettre son kangourou. Sam sourit. Accoté ainsi contre le mur, son visage se trouve directement dans le jet de la lumière. Sa peau lumineuse plonge tout ce qui est autour dans la pénombre. Il a dû dire quelque chose de comique, car Daphnée rit et lui met une main sur l'épaule.

Sam passe la soirée collé sur Daphnée, ou vice versa. Je n'arrive pas à m'enlever cette impression que même si je suis de retour chez moi, avec mes amis, ce n'est plus pareil. Je me sens un peu comme une intruse dans ce party. Syndrome de l'imposteur, peut-être ? J'aurais mieux aimé passer ma soirée avec eux en sa compagnie. C'est un peu poche de sa part de m'abandonner ainsi.

Vers dix heures trente, Sam vient s'asseoir à côté de moi.

– Ouin. C'était intense !

– Qui aurait cru qu'un peu de gel pis une nouvelle chemise m'auraient mené si loin ? me dit-il, encore ivre du temps passé avec Daphnée. Scuse-moi. Je voulais pas te laisser toute seule, c'est juste que je savais qu'elle allait partir tôt parce qu'elle a une pratique de *cheerleading* demain.

– Hein ? Ben non... C'est pas grave, que je mens. T'en fais pas pour ça.

– Fallait que je rattrape le temps perdu.

Je lui tape la cuisse et me lève pour aller au petit coin.

Dommage que Daphnée ait attendu si longtemps pour se rendre compte que Sam est un bon gars. Est-ce qu'elle s'est ouvert les yeux parce qu'il s'est coiffé ? Parce que ce serait un peu nul qu'elle ne se soit arrêtée qu'à son physique. Sous sa chemise neuve, c'est toujours le même bon vieux Sam. J'espère qu'elle sera correcte avec lui et qu'elle ne le laissera pas tomber lundi matin quand il va arriver à l'école avec sa touffe de cheveux informe et son nouveau kangourou.

Toujours dans mes pensées, je déverrouille la porte de la salle de bain pour sortir, mais me bute sur Sam, qui l'ouvrait au même moment et perd l'équilibre. Nos deux corps entrent en collision.

Par « nos corps », je veux plutôt dire « nos lèvres ».
Et par « entrent en collision », « s'embrassent ».

Heu wô ! Un instant… *Rewind.* Est-ce qu'il vient
vraiment d'arriver ce qui vient d'arriver ?

En ouvrant la porte, Sam perd pied. Il me plaque
et je m'agrippe à sa chemise pour ne pas tomber.
Je sens qu'il me tient dans ses bras. Et, je ne sais pas
comment, mais dans le mouvement, ses lèvres sont
venues se coller aux miennes.

Oh. My. God.

Sam ne recule pas, ni moi non plus, et après un
moment de surprise, ce qui était un accident devient
un acte intentionnel.

Je suis tellement en train d'embrasser Sam !

Chapitre 1-25

Heu...

Wow.

Hum...

OK. On s'est embrassés pendant une bonne minute (malgré mon haleine de Doritos), jusqu'à ce que Nico ouvre à son tour la porte de la salle de bain, qui était restée entrouverte.

Nico nous regarde avec un drôle d'air, mais ne dit rien. Je m'extirpe des bras de Sam et sors rapidement des toilettes.

Ni Sam ni moi ne mentionnons notre baiser. En fait, nous passons le reste de la soirée comme si rien n'était arrivé. Et nous n'en parlons pas plus sur le chemin du retour.

Qu'est-ce que nous aurions dit ? Qu'est-ce qu'il y a à dire ? Qu'est-ce qui va arriver ?

Depuis hier soir, il y a cette sorte d'éléphant invisible entre nous. Je suis plus nerveuse que je ne l'ai jamais été. Ma peau me brûle comme si on m'avait injecté de la salive d'*alien* dans les veines. Je ne sais plus ce qui m'arrive. Mes émotions jouent aux montagnes russes. Une seconde, je m'assure de garder un mètre de distance entre nous, et l'autre, j'ai envie de l'embrasser. Puis je me souviens que c'est mon meilleur ami depuis toujours. Mais aussi qu'on est tellement connectés l'un à l'autre.

Avec sa mère dans la maison, il n'est pas question que je me risque à aller l'embrasser.

Et Daphnée... Oh non. Daphnée.

Ça fait des semaines que j'encourage Sam à se déclarer, et le soir où il ose, je viens faire... ça ! Quel genre d'amie est-ce que je suis ?

Argh ! Et Nico qui nous a vus ! Au moins, ce n'était pas une des filles. Ou Daphnée elle-même. Ce qui aurait été mille fois pire. Je me sens déjà assez traîtresse comme ça.

Nous passons notre dimanche à jouer à *Z-héros*, puis à *La Ligue des mercenaires*, sans vraiment nous parler. Je me demande à quoi pense Sam, s'il pense comme moi. Est-il gêné ? Est-ce qu'il m'ignore ? A-t-il honte de m'avoir embrassée ? Veut-il récidiver ? A-t-il peur ? Pense-t-il que j'embrasse bien ? Ah ! J'espère que je n'étais pas trop nulle. J'ai pas vraiment encore eu l'occasion de pratiquer. Je crois que j'étais correct. Il était bien. Plus que bien. C'était bon. À un moment donné, j'ai senti sa langue, mais il ne me l'a pas mise dans la bouche. Félix fait toujours ça quand il embrasse sa blonde et ça n'a pas l'air... agréable. Je ne crois pas que c'est comme ça qu'on doit faire. En tout cas, il n'a pas cherché à briser notre... *french*. Techniquement, s'il n'y a pas eu de langue, est-ce que ça compte pour un *french* ?

Lorsque vient le temps de partir, je suis déçue. J'aurais aimé que Sam fasse le premier pas. Mais il s'agit de Sam, après tout. Le gars qui est incapable de faire un *move*, même si sa vie en dépend. Alors je ne suis pas vraiment surprise. J'aurais... J'aurais pris n'importe quel signe de sa part. Sa main dans la mienne, une caresse dans le dos, un câlin, une bine... Plus, même.

Il m'a regardée monter dans l'autobus sans rien dire, sans rien faire.

On est tellement nuls.

Pendant le trajet, je ne parviens pas à penser à autre chose qu'à ce qu'il va arriver de nous. J'espère de tout cœur qu'on ne vient pas de bousiller notre amitié.

Et au baiser. Je repense beaucoup à notre baiser. À la sensation de ses lèvres sur les miennes.

Il n'est pas encore quatre heures quand j'arrive à la maison. Mon père est dans la cuisine et il y a trois gros sacs d'épicerie sur le comptoir.

– Tu es là tôt ! me dit-il en venant me faire une bise.

– Il n'y avait pas de trafic. Ça a été super vite.

– T'aurais dû m'appeler. Je serais allé te chercher au terminus.

– C'est correct. J'avais besoin de marcher. Qu'est-ce que tu comptais préparer pour le souper ?

– Des sushis ! répond-il fièrement.

– Est-ce qu'on reçoit à souper ?

– Non. C'est juste nous deux. Je me disais qu'on pourrait même se louer un film ou deux. J'ai comme envie de faire plaisir à ma grande fille. Et aussi de me reprendre pour vendredi dernier.

– Ben là. T'étais à l'hôpital !

Franchement, il n'a pas à s'excuser de s'être blessé. C'est pas comme s'il s'était intentionnellement bloqué le dos, quand même !

– Je sais. Mais je me sentais coupable de t'avoir abandonnée. Tu sais… C'est pas tous les jours facile. Tous les deux, on a une période d'adaptation à vivre. Je ne peux pas imaginer ce par quoi tu passes.

Mon père est émotif, ça paraît dans sa voix. Braillard comme il est, il doit déjà s'essuyer les yeux de la main. Il prend une grande inspiration. C'est l'une des premières fois qu'on aborde le sujet. Avant, chaque fois qu'un de nous deux essayait d'en parler, on finissait par pleurer, en se tenant dans nos bras, incapables de dire quoi que ce soit. Tout était encore trop frais.

– Sans compter que tu as quatorze ans, avec les hormones dans le tapis, les garçons, ton corps qui change…

– Papaaa !!!

– Je n'ai aucune idée de ce qui passe dans la tête d'une fille de quatorze ans, poursuit-il. Je peux seulement essayer de deviner.

Non merci. La dernière chose que je souhaite, c'est que mon père découvre mes secrets. C'est pour ça qu'ils sont secrets ! Sans compter que j'ai déjà l'impression que n'importe qui est en mesure de deviner que j'ai embrassé Sam, parce que ça doit être écrit en lettres fluorescentes sur mon front ! J'essaie de garder un visage neutre pour dissimuler ce qui est arrivé, juste au cas.

– Tu comprends ? Ce que j'essaie de te dire, c'est que ta situation est unique. Je ne l'ai pas vécue et personne d'autre que toi ne sait comment la gérer. Parfois, ajoute-t-il après une longue pause, parfois, je rêve que ta mère est ici... pour te voir...

Sa voix s'étrangle.

– C'est correct, papa, que je lui dis, des larmes me coulant sur les joues.

– Tout ce que je peux faire, reprend-il, c'est être là pour toi et essayer de t'aider du mieux que je peux. Si tu veux de mon aide.

Mon père me prend dans ses bras et me serre tendrement. Il sent le savon et l'eau de Cologne, ce qui veut dire que son dos va mieux et qu'il est probablement allé courir cet après-midi.

– Désolé, dit-il en relâchant son étreinte et en agitant l'air de ses mains.

– Ark ! Tu pues.

– Désolé ! Bref, je voulais qu'on passe du temps ensemble et je t'ai laissée tomber.

– Techniquement, c'est ton dos qui nous a fait faux bond.

– Oui, mais je m'excuse quand même. Je veux être là pour toi. Et je voulais te dire que j'ai besoin de toi, moi aussi.

Trop de sentiments, ça me met mal à l'aise. J'ai déjà à gérer le méga plat dans lequel je me suis fourré les pieds avec Sam. C'est un peu trop en ce moment. Je tente de détourner le sujet :

– Tu veux que je prépare le riz ? que je lui offre en souriant.

– J'aimerais ça, oui.

Il y a beaucoup trop de nourriture. Avec tout ce que papa a acheté au marché, on se fait une dizaine de rouleaux, soit près de soixante morceaux. Je prépare aussi quelques tranches de sashimi que je dispose à la verticale dans l'assiette, et je la décore de carottes râpées et de boules de wasabi, un incontournable !

– Pis ? lance-t-il de but en blanc. Tu ne m'as rien raconté de ta fin de semaine chez Samuel. Ça s'est bien passé ? Vous vous êtes bien amusés ? Avez-vous eu un party ? Dans mon temps, à ton âge, on passait nos samedis soirs à faire des partys de sous-sol, à jouer à *Contra* en buvant du Coke pis à danser des *slows* en tournant en rond. OK. J'avoue. C'est pas vrai. On dansait pas de *slows*, corrige-t-il. Mais s'il y avait eu des filles, tu peux être certaine que ton père aurait continué à jouer au Nintendo parce qu'il était ben trop pissou pour inviter une fille à danser à cet âge-là !

J'ai la tête dans l'assiette de sushis. En ce moment, je dois avoir le visage de la même couleur que les

petits grains de caviar. Si je le pouvais, je m'empif-
frerais de rouleaux pour ne pas avoir à répondre.
Ce n'est pas poli, de parler la bouche pleine.

– Tu devrais l'inviter à venir ici. Je suis sûr qu'il
serait content.

Je ne sais pas. Je ne sais pas si lui serait content.
Il n'a rien dit, n'a rien fait. Peut-être qu'il me déteste
et qu'il va me le *skyper* parce qu'il n'osait pas me le
dire en pleine face. Je ne sais même pas si je veux l'inviter. Oui, bien sûr. Mais... Urgh ! Pourquoi suis-je si
confuse ?

– Tu me diras les prochaines pédagos que tu as.
Ça vous ferait trois jours, ajoute mon père, sans avoir
conscience du fer qu'il tourne en moi.

Arrête, papa. Juste, arrête.

– Hmm hmm, que j'arrive enfin à répondre.

L'assiette de service est pleine, elle déborde.
J'empile les derniers morceaux sans trop de cérémo-
nie et je dépose le plat ainsi qu'une bouteille de sauce
soya sur la table du salon.

– Ça va ? me demande-t-il en s'assoyant. T'es pas
trop jaseuse à soir.

– Je pense que j'ai juste vraiment faim, que je
réponds en glissant un premier morceau dans ma
bouche.

– Est-ce qu'il y avait quelque chose en particulier
que tu voulais regarder ?

J'avale ma bouchée.

– Il y a un nouveau film de science-fiction qui vient de sortir. C'est heu… Je me souviens plus du titre, mais c'est censé être vraiiiiment bon !

– Ah ouin ?

– Ça te tente pas ?

– Pas que ça me tente pas, mais j'avais plutôt envie d'une… comédie romantique, genre.

– Genre…

C'est une ruse, un piège complexe ? Est-ce qu'il a senti un trouble en moi à la manière de Vader ?

– Pourquoi on ne se louerait pas les deux ? Il est encore tôt…

– Un programme double ?

– Avais-tu autre chose de prévu ?

On ne s'est pas fait de soirée cinéma depuis je ne sais plus quand. Mon père a peut-être quelque chose à se faire pardonner ? Je me reproche aussitôt d'avoir pensé cela. Il l'a dit tantôt, les derniers mois ont été particulièrement éprouvants pour nous. Nous commençons à peine à sortir la tête de l'eau ! Comme lui, je crois que nous en sommes à un tournant. Il nous faut nous tenir les coudes, renouer le contact – pas qu'on l'ait perdu, mais notre relation a été malmenée par la force des choses.

Et j'ai toujours aimé passer du temps avec mon père. Ce n'est jamais forcé quand on est ensemble. On est sur la même longueur d'onde. Sauf pour les films, apparemment.

Manette en main, papa navigue dans le menu du terminal pour choisir son film : une comédie romantique où un auteur qui, ô surprise, ne croit plus en l'amour doit écrire le scénario d'une comédie romantique. Alors qu'il est au plus bas, il rencontre cette jolie femme avec qui il tombe follement en amour. Celle-ci, bien évidemment, est déjà en couple avec un bel Anglais. Même s'il sait que quatre-vingt-dix-neuf fois sur cent, la relation est vouée à l'échec, cette fois-ci, l'auteur cynique est prêt à tout risquer pour être avec sa belle.

Une comédie romantique, c'est comme une carte de souhaits achetée en pharmacie, à la différence qu'on en a pour quatre-vingt-dix minutes de clichés sur les relations amoureuses. Chaque carte nous répète exactement la même chose que toutes les autres, mais dans des mots légèrement différents.

Depuis le départ de maman, nous n'avons pas parlé d'amour. Papa était trop sensible, et pas un garçon ne m'intéressait. Quant à mon histoire avec Sam, je crois qu'il faut que je démêle mes sentiments avant d'en parler à qui que ce soit. Surtout en raison du fait que c'est arrivé avec Sam. Sam ! Mon meilleur ami !

À la fin du film, l'assiette de sushis est pratiquement vide. Qu'est-ce qui nous a pris d'en préparer autant ? Absorbée par l'histoire, je ne me suis pas rendu compte de tout ce que j'absorbais. Mais c'était si bon !

Le film était correct. Meilleur que ce que je croyais que ça allait être. Pour être honnête, j'ai passé la dernière heure et demie à me voir tout plaquer pour être avec Sam, malgré Daphnée qui est toujours dans le décor. C'était un peu étrange.

Je ne sais pas si je suis en amour ou si c'est la peur de l'être qui me fait me sentir ainsi.

– Uuuurgh ! fait papa en s'étirant.

– C'était pas si pire, finalement.

– Tu veux rire ? C'était nul ! Le scénario était mauvais. Gros ramassis de clichés sirupeux pour nous faire brailler... La prochaine fois qu'il me prend des envies de romantisme à deux sous, tu as la permission de me cogner la tête avec une poêle.

– Es-tu toujours partant pour le deuxième ? que je lui demande en riant.

– Oui, oui ! Donne-moi deux secondes pour me dégourdir les jambes et passer aux toilettes.

Je me penche pour ramasser les assiettes, mais il est plus rapide que moi.

– Laisse ! Je m'en occupe.

Quand il revient, j'ai déjà mis le deuxième film sur pause et fait le plein de provisions pour la fin de notre programme double. Papa me fixe du regard, puis il observe le sac de *chips* format familial que je tiens entre mes doigts.

– Quoi ?

– J'ai rien dit.

– J'ai faim et je suis en pleine croissance ! que je me défends.

– J'ai rien dit ! me répond-il sur le même ton.

– C'est de ta faute, aussi. C'est toi qui m'as légué ces gènes débiles qui ont toujours besoin d'être alimentés.

Il s'assoit à côté de moi, finit son verre de vin et plonge la main dans le sac.

– Ark ! crache-t-il après sa bouchée. C'est quoi ça ?

– *Chips* aux cornichons.

– C'est dégueulasse ! Je vais aller faire du *popcorn*.

Alors que papa attend patiemment devant le micro-ondes, son cellulaire, qu'il a déposé sur la table du salon, vibre. L'écran s'allume automatiquement et laisse voir le texto qui vient de rentrer.

Merci pour la belle soirée.

Valérie ? C'est qui, cette Valérie ?

Je n'ai pas fini de me poser la question qu'un second texto apparaît :

xxx

Des bisous ? Mon père reçoit des bisous par texto !

En une fraction de seconde, toutes les pièces du casse-tête se mettent en place, tout s'éclaircit. Je comprends. Comme quand Sherlock résout une énigme, à l'exception que je n'ai pas de cadavre sous les yeux.

Pas étonnant que papa ait été si content de me voir passer la fin de semaine chez Sam. Il ne voulait pas m'avoir dans les pattes à la maison pendant qu'il recevait sa Valérie. Il lui a probablement préparé un souper à la chandelle. C'est ce qui est exigé dans les circonstances, non ? Je ne veux même pas m'imaginer comment s'est déroulée la soirée. Elle s'est sûrement assise sur le divan, là où je me trouve en ce moment même !

Mon estomac vient de faire un triple saut. J'ai perdu l'appétit. J'ai même envie de vomir.

Pourquoi ? Pourquoi me fait-il ça ?

Passer du temps de qualité avec sa fille. Pfff ! Mensonge. C'est qu'il se sent coupable. La voilà, la vraie raison.

Je ne peux pas croire qu'il me fasse ça ! Qu'il fasse ça à maman !

On n'aurait jamais dû déménager. Faut croire que c'est plus facile de rencontrer des femmes dans la grande ville. Les voisins ne posent pas autant de questions parce qu'ici, personne ne se connaît.

On ne peut pas dire qu'il a attendu longtemps. Trois petites semaines dans une nouvelle ville, et hop ! on trace un trait et on refait sa vie. Ce n'est pas comme ça que ça fonctionne. Je ne lui donne pas le droit d'oublier maman aussi vite !

Il savait. Il savait que je n'approuverais pas son geste. C'est pour ça qu'il ne m'a rien dit, qu'il rencontre cette Valérie en cachette.

Je le déteste.

– Maïs soufflé extra beurre ! dit papa en s'affalant dans le divan à côté de moi. Parfait pour regarder un film de science-fiction !

Sans le regarder, je me lève.

– J'ai changé d'idée. Je vais aller me coucher. J'suis fatiguée.

Les larmes aux yeux, je claque la porte de ma chambre et me jette sur mon lit.

Insérer un jeton pour continuer la partie...

Remerciements

On le sait, on le dit, on le répète : l'écriture est un acte solitaire. Pendant des semaines, voire des mois, on s'isole dans notre tête, on s'enferme dans notre bureau, on est seul devant notre écran (parfois tout blanc) à se triturer la matière grise. Cette aventure n'est possible que grâce aux gens qui nous entourent.

Les mille vingt-quatre premiers mercis vont à ma blonde, Julie, qui attendait ce premier roman depuis si longtemps, qui a été ma première lectrice, la première à m'encourager, celle qui m'a toujours soutenu.

Les suivants vont à mes filles Mathilde et Anaïs, qui m'inspirent, m'émerveillent, me font rire et me poussent à me dépasser. J'espère ne pas trop leur faire honte quand elles seront en âge de lire les aventures de Laurianne. Mais juste un peu, ce serait bien.

Grand merci à mes parents, Marthe et Yvon, qui m'ont toujours encouragé à choisir ma voie, même quand ni eux ni moi ne savaient où elle menait.

Aux geeks et aux geekettes qui ont répondu à mes questions bizarres sur Facebook, vous avez été d'une aide précieuse.

Aux amis, voisins, anciens profs, collègues à qui j'ai emprunté leur nom. Vous avez pas idée à quel point vous m'avez rendu service. Si vous y voyez une quelconque ressemblance, sachez que je n'ai reproduit que vos bons traits. Le reste n'est que fiction.

À mes lecteurs bêta : Roxane Harvey, Malorie et Pier-Alexandre Harvey, Xavier Thibeault, Véronique Grondin, Marianne, Nicolas et François Lesage.

Un grand merci à Katherine « Il y a trop de références » Mossalim, Marc-André « c'est pas une photo pour le journal, souris » Audet ainsi qu'à toute l'équipe des Malins, qui ont tout de suite embarqué dans le projet. Vous êtes les *badass* de l'édition ! C'est une caisse de chocolats au chili que vous méritez !

Enfin, salutations à Stéphanie Harvey, multiple championne du monde de *Counter Strike*, qui, sans le savoir, a été l'étincelle de ce roman.

Rejoins Gamer
sur Facebook

www.facebook.com/SERIEGAMER